MAURICE LEBLANC

Le formidable événement

LE LIVRE DE POCHE

LE FORMIDABLE ÉVÉNEMENT

Fils d'un armateur, Maurice Leblanc est né à Rouen en 1864. Il y fait de brillantes études, puis travaille chez un ami de son père, avant de se lancer en 1885 dans le journalisme. Il a déjà écrit des romans psychologiques quand paraît en 1905 la première nouvelle policière : L'Arrestation d'Arsène Lupin *puis en 1907 l'ouvrage :* Arsène Lupin gentleman-cambrioleur. *Le personnage devient immédiatement populaire et son créateur en fait le héros d'une longue série d'aventures dont le public, tant en France que dans de nombreux pays étrangers, suit avec enthousiasme les péripéties depuis l'humoristique* Arsène Lupin contre Herlock Sholmès *(1908) ou les grandes réussites de* L'Aiguille creuse *(1909),* Le Bouchon de cristal *(1912) et* Les Huit Coups de l'horloge *(1921) — pour ne citer que les plus célèbres — jusqu'à* La Cagliostro se venge *(1935), soit plus d'une vingtaine de récits. Théâtre, cinéma, radio ont accaparé aussi ce héros agile et joyeux, toujours prêt à la blague comme à la bonne action, tantôt chef de bande, tantôt acteur en solo des entreprises les plus téméraires, se riant de la police ou, l'âge venant, se substituant à elle comme détective selon son humeur, mais à jamais cambrioleur... et gentleman.*
Maurice Leblanc est également l'auteur d'autres romans d'aventures ayant des héros différents, ainsi que d'ouvrages de science-fiction, tels que Les Trois Yeux *et* Le Formidable Evénement.
Frère de la comédienne Georgette Leblanc (qui fut la compagne de Maurice Maeterlinck et l'interprète de ses œuvres), Maurice Leblanc est mort en 1941 à Perpignan.

Si grande que soit la valeur personnelle de Simon Dubosc, il n'est rien aux yeux de Lord Bakefield, descendant d'un des compagnons de Guillaume le Conquérant. A moins que Simon ne réussisse à accomplir quelque exploit égal à ceux de son aïeul, jamais il ne lui donnera la main de sa fille Isabel.
Reste une autre solution : passer outre à son consentement. Une circonstance extraordinaire en détourne Simon et Isabel. Depuis quelque temps, des naufrages se succèdent dans la Manche. Les trombes qui les causent ont été décrites comme des faites isolés mais ne sont qu'un prélude au réveil du sol endormi sous les eaux — il se convulse et devient montagne où il était gouffre : le pas de Calais n'existe plus.
Simon sera le premier à traverser ces terres nouvelles, à relier à pied sec la France à l'Angleterre — pour apprendre qu'Isabel et son père ont été enlevés par un bandit acharné à retrouver une miniature valant une fortune perdue lors du naufrage de la *Reine Mary*.
En effet, sur les fonds marins exhaussés, les épaves affleurent et une foule avide part des côtes à la conquête de leurs trésors, nouvelle ruée vers l'or dans une fantastique atmosphère de Far West où ne manquent même pas les Indiens. Et c'est avec l'un d'eux que Simon part au secours d'Isabel...

Paru dans Le Livre de Poche :

ARSÈNE LUPIN, GENTLEMAN CAMBRIOLEUR.
ARSÈNE LUPIN CONTRE HERLOCK SHOLMES.
L'AIGUILLE CREUSE.
LES CONFIDENCES D'ARSÈNE LUPIN.
LE BOUCHON DE CRISTAL.
813.
LA COMTESSE DE CAGLIOSTRO.
LES HUIT COUPS DE L'HORLOGE.
LA DEMOISELLE AUX YEUX VERTS.
LA BARRE-Y-VA.
LE TRIANGLE D'OR.
L'ÎLE AUX TRENTE CERCUEILS.
LES DENTS DU TIGRE.
LA DEMEURE MYSTÉRIEUSE.
L'ÉCLAT D'OBUS.
L'AGENCE BARNETT ET Cie.
VICTOR, DE LA BRIGADE MONDAINE.
LA FEMME AUX DEUX SOURIRES.
LA CAGLIOSTRO SE VENGE.
LES TROIS YEUX.
DOROTHÉE, DANSEUSE DE CORDE.
LA VIE EXTRAVAGANTE DE BALTHAZAR.

Dans la Série « Jeunesse » :

ARSÈNE LUPIN, GENTLEMAN CAMBRIOLEUR.
LA DOUBLE VIE D'ARSÈNE LUPIN.
813 : LES TROIS CRIMES D'ARSÈNE LUPIN.

AVANT-PROPOS

Le formidable événement du 4 juin, dont les conséquences agirent de façon plus profonde encore que la guerre sur les rapports des deux grandes nations occidentales, a suscité depuis cinquante ans une floraison de livres, de mémoires, d'études, de relations véridiques et de récits fabuleux. Les témoins ont raconté leurs impressions. Les journaux ont recueilli leurs articles. Les hommes de science ont publié leurs travaux. Les romanciers ont imaginé des drames inconnus. Les poètes ont chanté. Et de cette journée tragique il ne reste plus rien dans l'ombre, ni de celles qui la préparèrent, ni de celles qui la suivirent, et rien non plus de toutes les réactions morales ou sociales, économiques ou politiques, par quoi, au long du XXe *siècle, elle a retenti sur les destinées de l'univers.*

Seule manquait la parole de Simon Dubosc. Et c'était chose étrange de ne connaître que par des reportages, le plus souvent fantaisistes, le rôle de celui que le hasard d'abord, puis son courage indomptable, et, plus tard, son enthousiasme clairvoyant, avaient jeté au cœur même de l'aventure.

Aujourd'hui que les peuples se sont groupés autour de la statue qui domine l'arène où combattit le héros, ne semble-t-il pas permis d'apporter à la légende l'ornement d'une réalité qui ne la dépare point ? Et, si l'on trouve que cette réalité touche de trop près à la vie secrète de l'homme, doit-on s'en alarmer ?

Simon Dubosc, en qui, pour la première fois, l'âme occidentale a pris conscience d'elle-même, Simon Dubosc tout entier appartient à l'histoire.

PREMIÈRE PARTIE

GUILLAUME LE CONQUÉRANT

CHAPITRE PREMIER

LA DEMANDE EN MARIAGE

« Oh ! mais c'est effroyable ! s'écria Simon Dubosc. Ecoutez donc, Edwards. »

Et le jeune homme, emmenant son ami loin des tables groupées sur la terrasse du pavillon, lui montra, dans la *Feuille des Dernières Dépêches*, qu'un motocycliste venait d'apporter au New-Golf, ce télégramme inséré en gros caractères :

« *29 mai, Boulogne.* — Le patron et l'équipage d'une barque de pêche qui vient de rentrer au port déclarent que ce matin, à égale distance des côtes anglaise et française, ils ont vu un grand vapeur soulevé par une trombe d'eau gigantesque, et qui, après s'être dressé de toute sa hauteur, piqua sur son avant et disparut en l'espace de quelques secondes.

« Il y eut alors des remous si violents, et la mer fut le théâtre de convulsions si anormales, que les pêcheurs durent s'enfuir à toutes rames pour n'être pas entraînés par le tourbillon. L'autorité maritime envoie deux remorqueurs sur le lieu du sinistre. »

« Hein, qu'en dites-vous, Rolleston ?

— Effroyable, en effet, prononça l'Anglais. Avant-hier, la *Ville-de-Dunkerque.* Aujourd'hui, un autre, et dans les mêmes parages. Il y a là une coïncidence.

— C'est précisément ce que fait remarquer un second télégramme, dit Simon, qui reprit sa lecture :

« *15 heures. Londres.* — Le vapeur coulé entre Folkestone et Boulogne est le transatlantique *Brabant*, de la Compagnie Rotterdam-America, qui transportait douze cents passagers et huit cents hommes d'équipage. Aucun survivant n'a été recueilli. Les cadavres commencent à remonter à la surface.

« Il est hors de doute que ce terrifiant désastre a été, comme la perte de la *Ville-de-Dunkerque*, avant-hier, provoqué par un de ces phénomènes mystérieux qui bouleversent le Pas-de-Calais depuis une semaine, et dont plusieurs bateaux, avant le *Brabant* et la *Ville-de-Dunkerque*, ont failli être victimes. »

Les deux jeunes gens se turent. Appuyés à la balustrade qui borde la terrasse du Club, ils regardaient par-delà les falaises le cercle immense de la mer. Elle était paisible et accueillante, sans colère ni traîtrise, ici rayée de minces lignes vertes ou jaunes, plus loin pure et bleue comme l'espace, et, plus loin encore, sous les nuages immobiles, grise comme une grande plaque d'ardoise.

Mais au-dessus de Brighton, le soleil qui inclinait déjà vers les collines apparut, et ce fut sur la mer une traînée lumineuse de poudre d'or.

« La perfide ! murmura Simon Dubosc — il comprenait fort bien la langue anglaise, mais parlait toujours français avec son ami —, la perfide, comme elle est belle et attirante ! Dirait-on jamais qu'elle a de ces caprices méchants qui détruisent et tuent ! Vous traversez toujours ce soir, Edwards ?

— Oui, par Newhaven et Dieppe.

— Tout se passera bien, dit Simon. La mer a eu ses deux naufrages; elle est assouvie. Mais qui vous presse de partir ?

— Un rendez-vous demain matin à Dieppe, avec une équipe de matelots, pour armer mon yacht. De là, dans l'après-midi à Paris, sans doute, et dans huit jours une croisière en Norvège. Et vous, Simon ? »

Simon Dubosc ne répondit pas. Il s'était retourné vers le pavillon du Club dont les fenêtres s'illuminaient de soleil dans leurs cadres de vigne vierge et de chèvrefeuille. Les joueurs avaient quitté les links et s'étaient répartis sous les grands parasols multicolóres. On prenait le thé. De main en main circulait la *Feuille des Dernières Dépêches*, que l'on commentait avec animation. Il y avait des tables de jeunes gens et de jeunes filles, et des tables de parents, et d'autres où de vieux gentlemen se restauraient en vidant les assiettes de cakes et de toasts.

A gauche, au-delà des corbeilles de géraniums, commençaient les molles ondulations des links, au gazon de velours vert. Et tout au bout, très loin, un dernier joueur, escorté de son caddy, dressait sa haute silhouette.

« La fille de Lord Bakefield et ses trois amies ne vous quittent pas des yeux », dit Edwards.

Simon eut un sourire.

« Miss Bakefield me regarde parce qu'elle sait que je l'aime, et ses trois amies parce qu'elles savent que j'aime Miss Bakefield. Un monsieur qui aime constitue toujours un spectacle, agréable pour celle qui est aimée, irritant pour celles qui ne le sont pas. »

Il avait dit cela sans le moindre accent de vanité. D'ailleurs, on ne pouvait rencontrer chez un homme plus de charme naturel et plus de séduction ingénue. L'expression de son visage, ses yeux bleus, son sourire, quelque chose de particulier qui émanait de lui et qui était un mélange de force, de souplesse, de gaieté saine, de confiance en soi et de confiance dans la vie, tout contribuait par une faveur spéciale à lui donner un air de bonne grâce dont on se prêtait à subir la fascination.

Fervent de sport, il était arrivé à l'adolescence avec ces jeunes Français d'après-guerre qui mirent en honneur la culture physique et les méthodes rationnelles. Ses mouvements, aussi bien que ses attitudes, offraient cette harmonie que développe un entraînement logique, et qu'affinent encore, chez ceux qui se soumettent aux règles d'une vie intellectuelle très active, l'étude de l'art et le sentiment de la beauté sous toutes ses formes.

De fait, la fin de ses classes n'avait pas été, pour lui comme pour beeaucoup, le début d'une vie nouvelle. Si, par excès de force, il fut conduit à se disperser en ambitions athlétiques et en tentatives de records qui le promenaient sur tous les stades et champs de bataille d'Europe et d'Amérique, il ne consentit jamais à ce que son corps primât aux dépens de son cerveau. Se réservant chaque jour, et quoi qu'il arrivât, les deux ou trois heures de solitude, de lecture et de songerie où l'esprit s'alimente, il continuait d'apprendre avec la ferveur d'un étudiant qui prolonge son existence de collège et de gymnase, jusqu'à ce que les événements lui commandent de choisir entre les voies qu'il s'est ouvertes.

Son père, auquel l'unissait la plus vive affection, s'étonnait :

« Enfin, Simon, où veux-tu en venir ? Quel est ton but ?

— Je m'entraîne.

— En vue de quoi ?

— Je l'ignore. Pour chacun de nous, il y a une heure qui sonne où il faut être tout prêt, bien armé, les idées en ordre, les muscles au point. Je serai prêt. »

Ainsi gagna-t-il sa trentième année. Et c'est au commencement de cette année, à Nice et par l'intermédiaire d'Edwards Rolleston, qu'il fit la rencontre de Miss Bakefield.

« Je verrai certainement votre père à Dieppe, repartit Edwards. Il sera surpris que vous ne reveniez pas avec moi, comme c'était convenu le mois dernier. Que dois-je lui dire ?

— Dites-lui que je reste quelque temps encore ici... ou plutôt non, ne dites rien... je lui écrirai... demain peut-être, ou après-demain... »

Il saisit le bras d'Edwards.

« Ecoute (il tutoyait parfois son compagnon), écoute, si je demandais la main de Miss Bakefield à son père, qu'en adviendrait-il, selon toi ? »

Edwards Rolleston parut interloqué. Il hésita, puis répondit :

« Le père de Miss Bakefield s'appelle Lord Bakefield, et peut-être ne savez-vous pas que la mère de Miss Bakefield, cette admirable Lady Constance, qui est morte, il y a une demi-douzaine d'années, était l'arrière-petite-fille d'un des fils de George III. Elle avait donc dans les veines pour un huitième de sang royal. »

Edwards Rolleston prononça ces mots avec une telle onction que Simon, Français irrespectueux, ne put s'empêcher de rire.

« Bigre, un huitième ! de sorte que Miss Bakefield peut encore se prévaloir d'un seizième, et que ses enfants bénéficieront d'un trente-deuxième ! Mes chances diminuent. En fait de sang royal, je ne puis me réclamer que d'un arrière-grand-père, charcutier de son état, qui a voté la mort de Louis XVI. C'est maigre. »

Il entraîna son ami :

« Rends-moi service. Miss Bakefield est seule en ce moment. Occupe-toi de ses amies, pour que je puisse lui parler quelques minutes, pas davantage... »

Edwards Rolleston, camarade sportif de Simon, était un grand garçon trop pâle et trop maigre, d'une taille si élevée qu'il avait pris l'habitude de se tenir courbé. Simon lui connaissait beaucoup de défauts, entre autres d'aimer le whisky, de courir les tavernes et de vivre d'expédients. Mais c'était un camarade dévoué, en qui Simon sentait une affection réelle et de la loyauté.

Ils s'approchèrent tous deux. Edwards prit place auprès des trois amies, tandis que Miss Bakefield venait au-devant de Simon Dubosc.

Elle était vêtue d'une robe de lingerie infiniment simple, et sans aucun de ces ornements qui constituaient la mode. Son cou nu, ses bras que l'on voyait à travers la mousseline de ses manches, son visage, son front découvert avaient cette teinte chaude que donnent à la peau de certaines blondes le soleil et le grand air. Des points d'or brillaient dans ses prunelles presque noires. Ses cheveux éclatants, à reflets métalliques, se nouaient sur sa nuque en une lourde torsade. Mais c'étaient là de menus détails dont on ne s'apercevait qu'à la longue, et lorsqu'on avait réussi à se distraire du spectacle merveilleux qu'offrait l'ensemble même de sa beauté.

Simon Dubosc n'en était point là. Il pâlissait toujours un peu sous le regard de Miss Bakefield, si doux que fût ce regard en se posant sur lui.

Il lui dit :

« Vous êtes résolue, Isabel ?

— Pour le moins autant qu'hier, dit-elle en souriant, et je le serai plus encore demain quand l'heure sera venue d'agir.

— Cependant... il y a quatre mois à peine que nous nous connaissons.

— Ce qui signifie ?...

— Ce qui signifie qu'au moment où l'acte irréparable va s'accomplir, j'interroge votre raison...

— Plutôt que mon amour ? Depuis que je vous aime, Simon, je n'ai pas encore pu découvrir le moindre désaccord entre ma raison et mon amour. Ainsi donc, je pars demain matin avec vous...

— Isabel...

— Préférez-vous que je parte demain soir avec mon père ? Un voyage de trois ou quatre ans... voilà ce qu'il me propose, ce qu'il exige. C'est à vous de choisir. »

Ils disaient toutes ces paroles si graves, sans que l'émotion dont ils frémissaient au plus profond d'eux-mêmes altérât leur visage. Il semblait que, de se trouver l'un près de l'autre, ils éprouvassent ce bien-être qui donne la paix et la force. Et la jeune fille étant, comme Simon, de haute taille et de belle allure, ils avaient l'impression confuse de former un de ces couples privilégiés que le destin marque pour une vie plus puissante, plus noble et plus passionnée.

« Soit, fit-il. Mais laissez-moi tout au moins tenter une démarche auprès de votre père. Il ignore...

— Il n'ignore rien, Simon. Et c'est justement parce que notre amour lui déplaît, et déplaît encore plus à ma belle-mère, qu'il veut m'éloigner de vous.

— J'insiste, Isabel.

— Parlez-lui donc, et, s'il refuse, ne cherchez pas à me voir aujourd'hui, Simon. Demain, un peu avant midi, je serai à Newhaven. Attendez-moi devant la passerelle du bateau. »

Il dit encore :

« Vous avez lu les *Dernières Dépêches* ?

— Oui.

— Cette traversée ne vous effraie pas ? »

Elle sourit. Alors il s'inclina et lui baisa la main, sans un mot de plus.

Lord Bakefield, pair du Royaume-Uni, veuf en premières noces d'une arrière-petite-fille de George III, époux actuel de la duchesse de Faulconbridge, possesseur par lui-même, ou par sa deuxième femme, de châteaux, domaines et bourgs, qui lui permettaient presque d'aller de Brighton à Folkestone sans sortir de chez lui — c'était ce joueur lointain qui s'attardait à travers les links, et dont la silhouette, plus proche maintenant, apparaissait et disparaissait selon les accidents du terrain. Simon décida de profiter de l'occasion et d'aller au-devant de lui.

Il y alla résolument. Malgré l'avertissement de la jeune fille, et bien qu'il connût par elle et par Edwards Rolleston la vraie nature et les préjugés de Lord Bakefield, il était influencé par le souvenir de l'accueil toujours cordial que lui avait jusqu'ici réservé le père d'Isabel.

Cette fois encore la poignée de main fut pleine de bonhomie. La figure de Lord Bakefield, une figure toute ronde, trop grasse pour le corps qui était maigre et long, trop colorée, un peu vulgaire, mais qui ne manquait pas de finesse, s'éclaira de satisfaction.

« Eh bien, jeune homme, vous venez me dire adieu sans doute ? Vous avez appris notre départ ?

— Justement, Lord Bakefield, et c'est pourquoi j'aurais quelques mots à vous dire.

— Parfait ! parfait ! Je vous écoute. »

Il se courba sur le tertre de départ, édifia de ses deux mains un petit monticule de sable au sommet duquel il établit sa balle, puis, se relevant, il prit le club que lui tendait un des caddies et se mit en posture, bien d'aplomb, le pied gauche légèrement en avant, les jambes à peine fléchies. Deux ou trois simulacres pour s'assurer de la direction exacte, une seconde de réflexion et de calcul, et soudain le club vola, s'abattit et frappa.

La balle jaillit dans l'espace, et tout de suite obliqua vers la gauche, puis, revenant à droite après avoir évité un groupe d'arbres qui formait obstacle, elle alla tomber sur la pelouse d'arrivée, à quelques mètres du trou.

« Bravo ! s'écria Simon Dubosc. Une jolie balle tirée.

— Pas mauvais, pas mauvais », articula Lord Bakefield, en se remettant en marche. Simon ne se laissa pas démonter par cette façon singulière d'entamer l'entretien. Sans autre préambule, il s'expliqua :

« Lord Bakefield, vous savez qui est mon père, armateur à Dieppe, propriétaire de la plus grande flotte marchande de France. Donc, de ce côté, je n'insiste pas.

— Excellent homme, M. Dubosc, approuva Lord Bakefield. J'ai eu plaisir à lui serrer la main, le mois dernier, à Dieppe. Excellent homme. »

Simon reprit, tout heureux :

« Parlons de moi. Fils unique. Fortune indépendante qui me vient de ma pauvre maman. A vingt ans, en aéroplane, la traversée du Sahara, sans escale. A vingt et un ans, recordman du mille en course à pied. A vingt-deux ans, aux Olympiades, deux victoires en escrime et en natation. A vingt-cinq ans, champion du monde du concours de l'athlète complet. Au milieu de tout cela, pêle-mêle, campagne du Maroc, quatre citations à l'ordre du jour, lieutenant de réserve, médaille militaire, médaille de sauvetage. C'est tout. Ah ! non, j'oubliais. Licencié ès lettres, lauréat de l'Académie pour mes études sur la beauté en Grèce. Voilà. J'ai vingt-neuf ans. »

Lord Bakefield le regarda du coin de l'œil, et marmotta :

« Pas mal, jeune homme, pas mal.

— Pour l'avenir, reprit Simon aussitôt, ce sera bref. Je n'aime pas les projets. Cependant, on m'offre un siège de député aux prochaines élections du mois d'août. Evidemment, la politique ne m'intéresse pas beaucoup... Mais enfin, s'il le faut... Et puis, quoi, je suis jeune... j'arriverai toujours à me faire une place au soleil. N'est-ce pas ? Seulement, il y a une chose... du moins à votre point de vue, Lord Bakefield... Je m'appelle Simon Dubosc... Dubosc en un seul mot, sans particule... sans la moindre apparence de titre... Et... n'est-ce pas ?... »

Il s'exprimait sans embarras, d'un ton d'enjouement et de belle humeur. Lord Bakefield ne bronchait pas, la figure toujours aimable. Simon se mit à rire.

« Je comprends la situation, et j'aimerais beaucoup mieux vous offrir une généalogie plus compliquée, avec blason, devise et parchemins. Impossible, hélas ! Pourtant, à la rigueur, nous pouvons remonter la chaîne de nos aïeux jusqu'au XIVe siècle. Oui, Lord Bakefield, en 1352, Mathieu Dubosc, valet de ferme au manoir de Blancmesnil, près de Dieppe, fut condamné pour vol à cinquante coups de bâton, et les Dubosc ont continué bravement, de père en fils, à travailler la terre. La ferme existe encore, la ferme du Bosc, c'est-à-dire du Bosquet... du bouquet d'arbres...

— Oui... oui... je sais... interrompit Lord Bakefield.

— Ah ! vous savez ? » répéta le jeune homme, quelque peu décontenancé.

Il sentait à l'allure du vieux gentleman, et au ton même de l'interruption, toute l'importance des paroles qui allaient être prononcées.

Et Lord Bakefield reprit :

« Oui, je sais... le hasard... En pasant à Dieppe, le mois dernier, j'ai fait une petite enquête à propos de ma famille, qui est originaire de Normandie. Bakefield est, vous l'ignorez peut-être, la corruption anglaise de Bacqueville. Il y a eu un Bacqueville parmi les compagnons de Guillaume le Conquérant. Vous connaissez le joli bourg de ce nom, en plein pays de Caux ? Or, il existe un acte du XVe siècle, signé à Londres et enregistré à Bacqueville, par lequel le comte de Bacqueville, baron d'Auppegard et de Gourel, octroyait à son vassal le sire de Blancmesnil le droit de justice sur la ferme du Bosc... sur cette même ferme du Bosc où le pauvre Mathieu reçut des coups de bâton. Très drôle, la coïncidence, très amusant... Qu'en dites-vous, jeune homme ? »

Cette fois, Simon fut touché au vif. Il était impossible de donner, avec plus de courtoisie et de rondeur, une réponse qui eût une signification plus impertinente. Sans phrases, sous couleur de raconter une petite histoire généalogique, Lord Bakefield établissait qu'à ses yeux le jeune Dubosc ne tenait guère plus de place que le valet de ferme du XVe siècle aux yeux du puissant seigneur anglais, comte de Bakefield et suzerain de Blancmesnil. Les titres et les exploits de Simon Dubosc, champion du monde, vainqueur aux Olympiades, lauréat de l'Académie française, athlète complet, tout cela ne pesait pas une once dans la balance où un pair d'Angleterre, conscient de sa supériorité, juge les mérites des gens qui aspirent à la main de sa fille. Or, les mérites de Simon Dubosc étaient de ceux avec lesquels on s'acquitte largement par l'aumône d'une politesse affectée et d'une poignée de main cordiale.

Ce fut si net, et l'âme même du vieux gentleman, avec son orgueil, ses préjugés, sa rigueur, son obstination, se montra dans une telle clarté que Simon, ne voulant pas subir l'humiliation d'un refus, reprit d'un petit ton de persiflage assez impertinent :

« Bien entendu, Lord Bakefield, je n'ai pas la prétention de devenir votre gendre, comme cela... du jour au lendemain, et sans avoir mérité une faveur aussi extraordinaire. Ma demande porte avant tout sur les conditions que devrait remplir Simon Dubosc, descendant d'un valet de ferme, pour obtenir la main d'une Bakefield. Je suppose que, les Bakefield ayant pour aïeul un compagnon de Guillaume le Conquérant, il faudrait que Simon Dubosc, pour se réhabiliter, conquît quelque chose... comme un royaume... fît, par exemple, à la façon du Bâtard, une descente triomphale en Angleterre ? Est-ce bien cela ?

— A peu près, jeune homme, répondit le vieux lord, un peu déconcerté par l'attaque.

— Peut-être aussi, continua Simon, devrait-il accomplir quelques actions surhumaines, quelques prouesses mondiales, intéressant le bonheur de l'humanité ? Guillaume le Conquérant d'abord, Hercule ou Don Quichotte ensuite... On pourrait peut-être alors s'entendre ?

— On le pourrait, jeune homme.

— Et ce serait tout ?

— Pas tout à fait. »

Et Lord Bakefield, qui avait recouvré son sang-froid, reprit avec bonhomie :

« Je ne puis engager la liberté de Miss Bakefield durant une période très longue. Il vous faudrait triompher dans un espace de temps déterminé. Estimez-vous, monsieur Dubosc, qu'en fixant cette période à deux mois, je sois trop exigeant ?

— Beaucoup trop généreux, Lord Bakefield ! s'écria Simon. Une vingtaine de jours me suffisent amplement. Pensez donc, vingt jours pour me montrer l'égal de Guillaume le Conquérant et le rival de Don Quichotte, c'est plus qu'il ne me faut ! et je vous remercie du fond du cœur. A bientôt, Lord Bakefield. »

Et pivotant sur ses talons, assez satisfait d'un entretien qui, somme toute, le dégageait vis-à-vis du vieux gentilhomme, Simon Dubosc retourna vers le pavillon du Club. Le nom d'Isabel n'avait même pas été prononcé.

« Eh bien, lui dit Edwards Rolleston, vous avez fait votre demande ?

— A peu près !

— Et la réponse ?

— Excellente, Edwards, excellente, il n'y a rien d'impossible à ce que ce brave homme que tu vois là-bas, en train d'envoyer une petite boule dans un petit trou, devienne le beau-père de Simon Dubosc. Il suffirait d'un rien... de je ne sais pas quoi... un prodigieux, un formidable événement qui changerait la face du monde. Voilà tout.

— Simon, prononça Edwards, les événements de cette sorte sont rares.

— Alors, mon bon Rolleston, qu'il soit fait selon ma volonté et selon la volonté de Miss Bakefield !

— Ce qui veut dire ? »

Simon ne répliqua point. Il avait aperçu Isabel qui sortait du pavillon.

En le voyant, la jeune fille s'arrêta. Elle se trouvait à vingt pas de lui, grave et souriante, et, dans le regard qu'ils échangèrent, il y avait tout ce que deux êtres, au début de la vie, peuvent se promettre de tendresse, de dévouement, de bonheur et de certitude.

II

LA TRAVERSÉE

LE lendemain, à Newhaven, Simon Dubosc apprit que, la veille, vers six heures du soir, une barque de pêche, montée par huit hommes, avait sombré en vue de Seaford, petite station située quelques kilomètres plus loin. De la côte, on avait pu observer le cyclone.

« Eh bien, capitaine, interrogea Simon, qui, précisément, connaissait, pour l'avoir rencontré à Dieppe, le commandant du paquebot sur lequel la traversée de jour allait s'effectuer, qu'en dites-vous ? Encore des naufrages ! Vous ne pensez pas que cela commence à devenir inquiétant ?

— Je m'en aperçois, hélas ! bien, répondit le capitaine. Quinze personnes renoncent à s'embarquer. Elles ont peur. Et pourtant, quoi, ce sont là de ces hasards...

— Des hasards qui se répètent, capitaine, et sur toute la Manche maintenant...

— Monsieur Dubosc, sur toute la Manche, il y a peut-être à la fois plusieurs milliers de bateaux. Chacun court son risque, mais avouez que ce risque est mince.

— Les traversées furent bonnes, cette nuit ? demanda Simon qui pensait à son ami Edwards.

— Très bonnes, dans les deux sens, et la nôtre ne le sera pas moins. La *Reine-Mary* est un rude navire, qui abat ses soixante-quatre milles en deux petites heures. Nous partirons et nous arriverons, soyez-en certain, monsieur Dubosc. »

La confiance du capitaine, tout en rassurant le jeune homme, n'effaça pas de son esprit des craintes qui ne l'auraient même pas effleuré en temps ordinaire. Il choisit deux cabines, séparées par un salon. Puis, comme il avait encore vingt-cinq minutes à attendre, il se rendit à la gare maritime.

Il y trouva une grande agitation. Près des guichets, au bar, dans la salle où l'on transcrivait les dépêches sur un tableau noir, il y avait des allées et venues de voyageurs aux visages soucieux. Des groupes se formaient autour de personnes mieux renseignées qui parlaient à voix très haute et gesticulaient. Beaucoup exigeaient qu'on leur remboursât leurs places.

« Tiens, le père Calcaire », se dit Simon qui reconnut, parmi les gens attablés au bar, un de ses anciens professeurs.

Et, au lieu de le fuir, comme il faisait d'habitude lorsque le bonhomme apparaissait au coin de quelque rue de Dieppe, il alla s'asseoir à ses côtés.

« Comment ça va, mon cher maître ?

— C'est donc toi, Dubosc ? »

Au-dessous d'un chapeau haut de forme démodé, roussi par le temps, s'arrondissait un visage de curé aux joues énormes qui retombaient sur un faux col de propreté douteuse. Une sorte de cordon noir servait de cravate. Des taches ornaient le gilet et la redingote, et le pardessus, d'un vert décoloré, et dont trois boutons sur quatre manquaient, accusait un âge plus vénérable encore que le chapeau.

Le père Calcaire — on ne le connaissait que sous ce sobriquet — avait enseigné les sciences naturelles au collège de Dieppe, durant un quart de siècle. Géologue avant tout, et d'une réelle valeur, il devait son surnom à ses études sur les formations sédimentaires du littoral normand, études qu'il avait étendues jusqu'au fond même de la mer et qu'il poursuivait, bien que la soixantaine approchât, avec acharnement et passion. L'année précédente encore, au mois de septembre, Simon le voyait, gros homme lourd, bouffi de graisse, perclus de rhumatismes, s'enfermer dans l'armure du scaphandrier et faire, en vue de Saint-Valéry-en-Caux, sa quarante-huitième plongée. Du Havre à Dunkerque, de Portsmouth à Douvres, la Manche n'avait plus de secrets pour lui.

« Vous retournez à Dieppe tout à l'heure, mon cher maître ?

— Au contraire, j'en arrive. J'ai traversé cette nuit, dès que j'ai connu le naufrage de la barque anglaise... tu sais... entre Seaford et l'embouchure de la Cuckmere ? J'ai déjà commencé mon enquête, ce matin, auprès des gens qui visitaient le camp romain et qui ont vu la chose.

— Alors ? prononça vivement Simon.

— Alors, ils ont vu à un mille du rivage un bouillonnement de vagues et d'écume qui tournait avec une vitesse vertigineuse autour d'un centre qui, lui, se creusait dans la profondeur. Et puis, soudain, une colonne d'eau a jailli, toute droite, mêlée de sable et de pierres, et a retombé en pluie de tous côtés, comme un bouquet de feu d'artifice. C'était superbe.

— Et la barque ?

— La barque ? fit le père Calcaire, qui semblait ne pas comprendre, tellement ce détail était insignifiant. Ah ! oui ! la barque, eh bien, voilà, elle a disparu. »

Le jeune homme se tut, et, au bout d'un instant, reprit :

« Mon cher maître, répondez-moi franchement. Croyez-vous qu'il y ait quelque péril à traverser ?

— Tu es fou ? C'est comme si tu me demandais si on doit se calfeutrer dans sa chambre les jours où il tonne. Parbleu, oui, la foudre tombe çà et là... Mais quoi, il y a de la marge alentour. Du reste, n'es-tu pas bon nageur ? Eh bien, à la moindre alerte, tu piques une tête sans attendre... Pas d'hésitation !

— Et quel est votre avis, mon cher maître ? Comment expliquez-vous tous ces phénomèes ?

— Comment ? Oh ! c'est bien simple. Je te rappellerai d'abord qu'en 1912 il y a eu, dans la Somme, quelques secousses constituant de véritables tremblements de terre. Premier point. Deuxièmement, ces secousses coïncidaient avec des agitations localisées de la Manche qui passèrent à peu près inaperçues, mais qui attirèrent vivement mon attention et furent le point de départ de toutes mes études récentes. Entre autres, un de ces mouvements, où je veux voir les signes précurseurs des trombes actuelles, se produisit en face de Saint-Valéry. Et c'est pourquoi tu m'as surpris un jour, je m'en souviens, effectuant une plongée à ce même endroit. De tout cela, il résulte...

— Il résulte ?

Le père Calcaire s'interrompit, puis saisit la main du jeune homme, et, changeant brusquement le cours de la conversation :

« Dis donc, Dubosc, as-tu lu ma brochure sur les « Falaises de la Manche » ? Non, n'est-ce pas ? Eh bien, si tu l'avais lue, tu saurais qu'un des chapitres intitulé : « *Ce qui se passera dans lu Manche en l'an 2000* » est en train de se réaliser. J'ai tout prédit, tu entends ? Non pas ces petites histoires de naufrages et de trombes, mais ce qu'elles semblent annoncer. Oui, Dubosc, que ce soit en l'an 2000, ou en l'an 3000, ou la semaine prochaine, j'ai prédit en toutes lettres la chose inouïe, ahurissante, et si naturelle cependant, qui se produira un jour ou l'autre. »

Il s'était animé. Des gouttes de sueur lui perlèrent aux joues et au front, et, sortant d'une poche intérieure de sa redingote une étroite et longue serviette en maroquin, munie d'une serrure, et tellement usée, tellement rapiécée, que son aspect s'accordait à merveille avec celui du pardessus verdâtre et du chapeau roussi :

« Tu veux savoir la vérité ? s'écria-t-il. Elle est là. Toutes mes observations et toutes mes hypothèses, ce portefeuille les contient. »

Et il introduisait la clef dans la serrure, quand des exclamations s'élevèrent du côté de la gare. Les tables du buffet furent aussitôt désertées. Sans plus s'occuper du père Calcaire, Simon suivit la foule qui se précipitait dans la salle des dépêches.

Il y avait deux télégrammes de provenance française. L'un, après avoir signalé le naufrage d'un caboteur, *La Bonne-Vierge*, qui faisait un service hebdomadaire entre Calais, Le Havre et Cherbourg, annonçait que le tunnel sous la Manche s'était écroulé, sans que l'on eût heureusement à déplorer le moindre accident de personne. L'autre, qu'on lisait au fur et à mesure de sa transcription, disait que « le gardien du phare d'Ailly, près de Dieppe, avait aperçu au petit matin cinq gerbes d'eau et de sable qui fusaient presque simultanément à deux milles du rivage, bouleversant la mer entre Veules et Pourville ».

Cette lecture arracha des cris d'effroi. La destruction du tunnel sous-marin, dix années d'efforts perdues, des milliards engloutis... catastrophe évidemment. Mais combien les mots sinistres du second télégramme semblaient plus redoutables ! Veules ! Pourville ! Dieppe ! C'était à travers les régions mêmes secouées par le cataclysme que le paquebot allait s'engager dans deux heures ! Au départ, Hastings et Seaford; à l'arrivée, Veules, Pourville et Dieppe !

On se rua vers les guichets. On assiégea les bureaux du chef de gare et des sous-chefs. Deux cents personnes s'élancèrent sur le bateau pour retirer leurs colis et leurs malles, et des gens affolés, pliant sous le poids de leurs malles, prenaient d'assaut les trains en partance, comme si les digues et les quais, et le rempart des falaises, n'eussent pas été capables de les protéger contre l'épouvantable catastrophe.

Simon frissonna. La peur des autres l'impressionnait. Et puis que signifiait cet enchaînement mystérieux de phénomènes auxquels il ne semblait pas que pût s'adapter une seule explication naturelle ? Quelle tempête invisible faisait bouillonner l'onde au creux d'une mer immobile ? Pourquoi ces cyclones brusques se produisant tous dans un cercle aussi restreint et n'affectant qu'une région déterminée ?

Auprès de lui le tumulte croissait et les scènes se multipliaient. Une surtout lui fut pénible, parce qu'elle avait lieu entre Français et qu'il comprit mieux les paroles prononcées. C'était une famille, le père, la mère, jeunes encore, et leurs six enfants, dont le dernier, âgé de quelques mois, dormait dans les bras de sa mère. Et celle-ci implorait son mari avec une sorte de désespoir :

« Restons, je t'en supplie. Rien ne nous oblige...

— Mais si, ma pauvre amie... tu as lu la lettre de mon associé... Et puis, vraiment, avoue qu'il n'y a pas de quoi se tourmenter.

— Je t'en prie... j'ai des pressentiments... Tu sais bien que je ne me trompe pas...

— Veux-tu que je traverse seul ?

— Oh ! cela non ! »

Simon n'en entendit pas davantage. Mais il ne devait jamais oublier ce cri d'épouse aimante, et non plus l'expression douloureuse de la mère qui, à ce moment, embrassa d'un regard ses six enfants.

Il s'en alla. L'horloge, au reste, marquait onze heures et demie, et Miss Bakefield devait être en route. Mais, lorsqu'il fut sur le quai, il avisa une automobile qui débouchait au tournant d'une rue, et, à la portière de cette automobile, le visage blond d'Isabel. D'un coup, toutes ses mauvaises idées s'évanouirent. Il n'attendait la jeune fille que vingt minutes plus tard et, bien qu'il ne redoutât pas de souffrir, il avait décidé que ces vingt dernières minutes seraient un moment de détresse et d'anxiété. Pourrait-elle tenir sa promesse ? N'y aurait-il pas d'obstacle imprévu ? Et voilà qu'Isabel arrivait.

La veille, ils avaient résolu, par prudence, de ne pas s'aborder avant d'avoir pris place sur le bateau. Cependant Simon, dès qu'il la vit descendre de voiture, courut à sa rencontre. Suivie d'un homme d'équipe qui portait son sac de voyage, enveloppée d'un manteau de drap gris, elle tenait à la main un plaid que serrait une courroie. Il lui dit :

« Excusez-moi, Isabel, mais il se passe des choses si graves que je dois vous consulter. Les dépêches annoncent en effet une série de catastrophes, et justement sur le chemin que nous avons à parcourir... »

Isabel ne parut guère troublée.

« Vous me dites cela, Simon, avec un ton calme qui ne s'accorde pas avec vos paroles.

— Je suis si heureux ! » murmura-t-il.

Leurs regards s'unirent longuement et profondément. Puis elle reprit :

« Seul, que feriez-vous, Simon ? »

Et comme il hésitait :

« Vous partiriez, dit-elle. Et moi également... »

Elle s'engagea sur la passerelle.

Une demi-heure après, la *Reine-Mary* quittait le port de Newhaven. A cet instant Simon, toujours si maître de lui, et qui, même à ses moments d'enthousiasme les plus fiévreux, prétendait garder le contrôle de son émotion, sentit ses jambes trembler et ses yeux se mouiller de larmes. L'épreuve du bonheur le faisait défaillir.

Simon n'avait jamais aimé. L'amour était au nombre de ces événements qu'il attendait sans hâte, et il ne jugeait pas indispensable de s'y préparer en le cherchant dans des aventures qui risquent d'user la ferveur sentimentale.

« L'amour, disait-il, doit se mêler à la vie et non s'y ajouter. Ce n'est pas un but, c'est un principe d'action, et le plus noble qui soit.»

Dès le premier jour, la beauté de Miss Bakefield l'éblouit, et il lui fallut bien peu de temps pour savoir que, jusqu'à la dernière minute de son existence, aucune autre femme ne compterait plus pour lui. Le même élan, irrésistible et réfléchi, emporta la jeune fille vers Simon. Elevée dans le Midi de la France, parlant le français comme sa langue natale, elle ne subit pas et elle ne provoqua pas chez Simon cette gêne qu'impose presque toujours la différence des races. Ce qui les alliait fut infiniment plus fort que ce qui les séparait.

Chose singulière, durant ces quatre mois où l'amour s'épanouissait en eux comme une plante aux fleurs sans cesse renouvelées et toujours plus belles, ils n'avaient pas eu de ces longues conversations où les amants s'interrogent avec avidité et où chacun d'eux cherche à pénétrer dans l'âme ignorée de l'autre. Ils parlaient peu et rarement d'eux-mêmes, comme s'ils eussent laissé à la douce vie quotidienne le soin de soulever tour à tour les voiles du mystère.

Simon savait seulement qu'Isabel n'était pas heureuse. Ayant perdu, à l'âge de quinze ans, une mère qu'elle adorait, elle n'avait pas trouvé auprès de son père l'affection et les caresses qui l'auraient consolée. Presque aussitôt, d'ailleurs, Lord Bakefield tombait sous la domination de la duchesse de Faulconbridge, nature hautaine, vaniteuse, tyrannique, presque toujours confinée dans sa villa de Cannes ou dans son château de Battle près de Hastings, mais dont l'action méchante s'exerçait de près comme de loin, en paroles comme en lettres, et aussi bien sur son mari que sur une belle-fille qu'elle persécutait de sa jalousie maladive.

Et, tout naturellement, Isabel et Simon se promirent l'un à l'autre. Et, tout naturellement, se heurtant à la volonté implacable de Lord Bakefield et à la haine de sa femme, ils en arrivèrent à l'unique solution possible : le départ. Cela fut proposé sans grandes phrases, accepté sans lutte douloureuse ni révolte. Chacun se détermina en toute liberté. L'acte leur apparut très simple. Loyalement résolus à prolonger leurs fiançailles jusqu'à l'heure où tous les obstacles seraient aplanis, ils allaient vers l'avenir comme on va vers une région accueillante et lumineuse.

Au large, la mer commençait à clapoter sous l'effort d'une petite brise opiniâtre. Des nuages se rangeaient en bataille du côté de l'Ouest, mais assez lointains pour qu'on pût être assuré d'une traversée paisible et d'un soleil magnifique. Indifférent à l'assaut des vagues, le navire filait droit au but comme si aucune force n'eût été capable de le pousser hors de sa route rigide.

Isabel et Simon s'étaient assis sur un des bancs du pont, en arrière. Délivrée de son manteau, la tête nue, la jeune fille offrait au vent ses bras et ses épaules que défendait une chemisette de batiste. Rien n'était plus admirable que le jeu du soleil sur l'or de ses cheveux. Grave et songeuse, elle resplendissait de jeunesse et de bonheur. Simon la contemplait éperdument.

« Vous n'avez pas de regrets, Isabel ? murmura-t-il.

— Aucun.

— Pas de crainte ?

— Pourquoi en aurais-je auprès de vous ? Rien ne nous menace. »

Il montra la mer.

« Ceci, peut-être.

— Non. »

Il lui raconta son entretien de la veille avec Lord Bakefield et les trois conditions sur lesquelles ils étaient tombés d'accord. Elle s'en amusa et dit :

« Puis-je, moi aussi, vous poser une condition ?

— Quelle condition, Isabel ?

— La fidélité, répondit-elle gravement. Fidélité absolue. Pas de défaillance. Je ne pardonnerais rien. »

Il lui baisa la main en disant :

« Il n'y a pas d'amour sans fidélité. Je vous aime. »

Autour d'eux, il y avait peu de monde, l'affolement ayant porté davantage sur les voyageurs de première classe. Mais, hormis les deux fiancés, tous ceux qui avaient persisté trahissaient, par quelque signe, leur inquiétude secrète ou leur effroi. A droite, c'étaient deux vieux, très vieux pasteurs, qu'un troisième plus jeune accompagnait. Ces trois-là restaient impassibles, frères de ces héros qui chantaient des hymnes au naufrage du *Titanic*. Pourtant, leurs mains étaient jointes comme pour la prière. A droite, se tenait le couple français dont Simon Dubosc avait surpris les paroles douloureuses. Le père et la mère, serrés l'un contre l'autre, interrogeaient l'horizon avec des yeux de fièvre. Quatre garçons, les aînés, tous quatre forts, solides, les joues rouges de santé, allaient et venaient, en quête de renseignements qu'ils rapportaient aussitôt. Assise aux pieds de ses parents, une petite fille pleurait, sans rien dire. La mère nourrissait le sixième enfant qui, de temps en temps, se retournait vers Isabel et lui souriait.

La brise devenait plus fraîche. Simon se pencha vers sa compagne :

« Vous n'avez pas froid, Isabel ? demanda-t-il.

— Non... l'habitude...

— Cependant, si vous avez laissé votre valise en bas, vous avez eu soin de monter avec ce plaid. Pourquoi ne le dépliez-vous point ? »

De fait, le plaid demeurait roulé dans sa courroie, et la jeune fille avait même passé, pour la boucler ensuite, une des lanières de cette courroie autour d'une barre de fer qui fixait le banc aux planches du pont.

« Ma valise ne contient rien de précieux, dit-elle.

— Ce plaid non plus, je suppose ?

— Si.

— En vérité ! Et quoi ?

— Une miniature à laquelle ma mère tenait beaucoup, parce qu'elle représente le portrait de son aïeule, exécuté pour le roi George.

— Cette miniature n'a de prix que comme souvenir ?

— Non. Ma mère l'avait fait entourer de toutes ses plus belles perles, ce qui lui donne aujourd'hui une valeur inestimable. Prévoyant l'avenir, elle m'avait constitué ainsi une fortune personnelle. »

Il se mit à rire.

« Et voilà le coffre-fort...

— Ma foi, oui, dit-elle en riant aussi. La miniature est épinglée au milieu de ce plaid, entre les courroies, où personne ne s'aviserait de la chercher. Que voulez-vous ? je deviens superstitieuse, quand il s'agit de ce bijou. C'est comme un talisman... »

Ils gardèrent un long silence. Les côtes avaient disparu. La houle gagnait en force, et la *Reine-Mary* roulait un peu.

A ce moment, on dépassa un joli yacht de plaisance, tout blanc.

« C'est le *Castor*, au comte de Baugé, cria l'un des quatre garçons. Il se rend à Dieppe. »

Sous une tente, deux dames et deux messieurs déjeunaient. Isabel baissa la tête pour qu'on ne pût la voir.

Ce geste irréfléchi lui fut désagréable, car, au bout d'un instant, elle reprit (et toutes les paroles qu'ils échangèrent durant ces minutes devaient se graver dans leur mémoire) :

« Simon, vous êtes bien d'avis, n'est-ce pas, que j'avais le droit de partir ?

— Oh ! fit-il étonné, est-ce que nous ne nous aimons pas ?

— N'est-ce pas ? murmura-t-elle... Et il y a aussi la vie que je menais auprès d'une femme dont la seule joie est d'injurier ma mère... »

Elle n'en dit pas davantage. Simon avait posé sa main sur la sienne et rien ne pouvait mieux la rassurer que la douceur de cette étreinte.

Les quatre garçons, de nouveau disparus, revinrent en courant.

« On aperçoit le paquebot de la Compagnie qui est parti de Dieppe en même temps que nous de Newhaven. Il s'appelle le *Pays-de-Caux.* On se croisera dans un quart d'heure. Tu vois bien, maman, qu'il n'y a pas de danger.

— Oui, mais c'est après, quand nous approcherons de Dieppe...

— Pourquoi ? objecta le mari. L'autre paquebot n'a rien signalé de spécial. Le phénomène se déplace, s'éloigne... »

La mère ne répondit pas. Son visage gardait la même expression pitoyable. A ses genoux, la petite fille ne cessait pas de verser des larmes silencieuses...

Le capitaine passa près de Simon et salua.

Et quelques minutes encore s'écoulèrent.

Simon chuchota des mots d'amour qu'Isabel ne saisit pas très nettement. A la longue, les pleurs de la petite fille lui causaient un certain trouble.

Un coup de vent, peu après, hérissa les flots. De place en place, de la mousse blanche bouillonna. Et il n'y avait rien là d'extraordinaire, puisque le vent croissait en vitesse et fouettait la crête des vagues. Cependant, pourquoi ce moutonnement n'apparaissait-il qu'en une seule région, celle précisément qu'on allait franchir ?

Le père et la mère s'étaient levés. D'autres personnes se penchaient aux bastingages. On vit le capitaine monter rapidement l'escalier de la dunette.

Et ce fut brusque, immédiat.

Avant même qu'Isabel et Simon, absorbés par eux-mêmes, eussent la moindre notion de ce qui se produisait, une clameur effroyable, faite de mille et mille cris, jaillit de tout le bateau, de droite et de gauche, de la poupe et de la proue, et du fond même, et de partout, comme si tous les cerveaux eussent été obsédés par la chose possible, et que tous les yeux, depuis la première seconde du départ, eussent guetté le plus petit signe annonciateur.

Vision monstrueuse ! A trois cents mètres en avant, comme au centre d'une cible qu'aurait visée la pointe du navire, une épouvantable gerbe avait crevé la surface de la mer et criblait le ciel de quartiers de roche, de blocs de lave et de paquets d'eau, qui retombaient dans un cercle de vagues déferlantes et de gouffres entrouverts. Et un vent de tempête tournoyait au-dessus du chaos avec des mugissements de bête.

Tout à coup, sur la foule paralysée, le silence, ce silence de mort qui précède les inévitables catastrophes. Puis, là-bas, un crépitement de tonnerre qui déchire l'espace. Puis, à son poste, et tâchant de couvrir toutes les voix du monstre, le capitaine qui hurle des ordres.

Une seconde, on put espérer le salut. L'effort du navire fut tel qu'il sembla glisser, par une ligne tangente, hors du cercle infernal où il allait tomber. Vain espoir ! Le cercle parut s'élargir encore. Les premières ondulations approchaient. Une masse de pierre écrasa l'une des cheminées.

Et de nouveau les cris, l'affolement des passagers, une ruée imbécile vers les canots de sauvetage et des batailles, déjà...

Simon n'hésita pas. Isabel était bonne nageuse. Il fallait tenter l'aventure.

« Allons, dit-il à la jeune fille qui, debout près de lui, l'avait entouré de ses bras, allons, viens ! »

Et, comme elle se débattait dans une résistance instinctive à l'acte proposé, il la saisit avec plus de violence.

Elle le supplia.

« Oh ! c'est horrible... tous ces enfants... la petite fille qui pleure... Ne pourrait-on pas les sauver ?

— Viens », répéta-t-il d'un ton de maître.

Elle résistait encore. Alors, il lui prit la tête de ses deux mains et lui baisa les lèvres.

« Viens, ma chérie, viens. »

La jeune fille défaillit. Il la souleva et enjamba le bastingage.

« Ne crains rien, dit-il, je réponds de tout.

— Je n'ai pas peur, dit-elle, je n'ai pas peur avec toi... »

Ils s'élancèrent...

III

ADIEU, SIMON

Le *Castor*, le yacht de plaisance qu'avait dépassé la *Reine-Mary*, les secourut vingt minutes plus tard.

Quant au *Pays-de-Caux*, le vapeur qui venait de Dieppe, l'enquête établit, par la suite, que son équipage et ses passagers contraignirent le capitaine à fuir le lieu du sinistre. La vue de l'énorme trombe, le spectacle du navire pointant hors des flots, se cabrant tout entier et retombant comme dans la gueule d'un entonnoir, le bouleversement de la mer, qui semblait avoir éclaté sous l'assaut de forces frénétiques, et qui, dans le diamètre du cercle déchaîné, se roulait sur elle-même avec une sorte de démence, tout cela fut si terrifiant que des femmes s'évanouirent et que des hommes menacèrent le capitaine de leur revolver braqué.

Le *Castor* aussi commença par fuir. Mais le comte de Baugé, avisant, à l'aide de sa jumelle, le mouchoir qu'agitait le bras de Simon, obtint des matelots, malgré l'opposition désespérée de ses amis, que l'on fît un crochet, tout en évitant le contact avec la zone dangereuse.

La mer s'apaisait d'ailleurs. L'éruption n'avait peut-être pas duré une minute et l'on eût dit maintenant que le monstre se reposait, rassasié, content de sa pâture, comme un fauve après le carnage. La rafale cessa. Le tourbillon s'éparpilla en courants opposés, qui se combattirent et s'annulèrent. Plus de moutonnements. Plus d'écume. Sous le grand linceul ondoyant que les petites vagues aux jeux inoffensifs tendaient au-dessus du navire englouti, s'acheva le drame de cinq cents agonies.

En ces conditions, le sauvetage était facile. Isabel et Simon, qui eussent pu tenir des heures encore au moment où on les recueillit, furent conduits dans les deux cabines du yacht, où il leur fut apporté des effets de rechange. Isabel n'était même pas évanouie. On repartit aussitôt. On avait hâte de quitter le cercle de malédiction. L'apaisement subit de la mer semblait aussi dangereux que sa fureur.

Il n'y eut pas d'incident jusqu'à la côte française. L'accalmie se prolongea, lourde et menaçante. Simon Dubosc, aussitôt après avoir changé de vêtements, rejoignit le comte et ses amis. Un peu embarrassé en ce qui concernait Miss Bakefield, il parla d'elle comme d'une amie rencontrée par hasard sur la *Reine-Mary* et en compagnie de qui il se trouvait au moment de la catastrophe.

Du reste, on ne l'interrogea point. L'angoisse persistait, avec la pensée obsédante de ce qui pouvait advenir. D'autres événements se préparaient. On avait l'impression que l'ennemi rôdait, invisible et sournois.

A deux reprises, Simon descendit jusqu'à la cabine d'Isabel. La porte en était fermée et il n'en sortait aucun bruit. Mais Simon savait que la jeune fille, remise de sa fatigue et déjà oublieuse des dangers courus, gardait cependant l'horreur de ce qu'elle avait vu. Lui-même demeurait accablé, hanté par une vision si affreuse qu'elle paraissait l'image excessive d'un cauchemar plutôt que le souvenir d'une chose réelle. Etait-ce vrai que ne vivaient plus les trois pasteurs au visage austère, ni les quatre garçons heureux et joyeux, ni leurs parents, ni la petite fille qui pleurait, ni l'enfant qui souriait à Isabel, et non plus le capitaine, et non plus aucun de tous ceux qui peuplaient la *Reine-Mary* ?

Vers quatre heures, les nuages, déployés en masses plus noires et plus épaisses, avaient conquis le ciel. On sentait déjà le souffle des grandes bourrasques, aux charges vertigineuses, dont les bataillons lâchés à travers l'Atlantique, allaient s'engouffrer dans la passe étroite de la Manche et mêler leurs efforts de dévastation aux puissances mystérieuses surgies des profondeurs de la mer. L'horizon se brouilla. Des nuages crevaient là-bas.

Mais on approchait de Dieppe. Le comte et Simon Dubosc qui regardaient avec des longues-vues poussèrent un même cri, frappés en même temps par le spectacle le plus imprévu. Sur la ligne des constructions qui bordent la vaste plage comme d'un haut rempart de briques et de pierres, ils constataient nettement que le toit et l'étage supérieur des deux plus grands hôtels, l'Impérial et l'Astoria, situés au milieu, étaient écroulés. Et aussitôt ils discernèrent d'autres maisons déséquilibrées, penchées, crevassées, à demi démolies.

Soudain, une flamme monta d'une de ces maisons. En quelques minutes, ce fut l'explosion d'un incendie.

Et partout, d'un bout à l'autre de la plage, émergeant de chaque rue, galopant vers le galet, une foule affolée dont on entendait les clameurs.

« Sans aucun doute, balbutia le comte, il y a eu un tremblement de terre, une secousse très violente qui a dû concorder avec la sorte de trombe où la *Reine-Mary* a disparu. »

De plus près, ils virent que la mer avait dû se soulever et balayer la plage, car des traînées de vase marquaient le gazon et des épaves avaient échoué de droite et de gauche.

Et ils virent aussi que la pointe de la jetée et que le phare étaient détruits, que le brise-lames avait été emporté, et que des bateaux s'en allaient à la dérive dans le port.

Le radiotélégramme annonçant le naufrage de la *Reine-Mary* avait redoublé la panique. Nul n'osait, en se sauvant au large, fuir le péril de la terre. Sur le quai et sur les tronçons de la jetée, les familles des passagers se massaient, dans une attente stupide et sans espoir.

Au milieu de ce tumulte, l'arrivée du yacht passa presque inaperçue. Chacun vivait pour soi, sans curiosité, sans attention pour tout ce qui n'était pas son propre péril et le péril des siens. Quelques journalistes se ruèrent aux nouvelles, fébriles et distraits, et les autorités du port firent, en courant, une enquête sommaire auprès de Simon et du comte. Autant que possible, Simon esquiva les questions. Libre, il conduisit Miss Bakefield dans un hôtel voisin, l'installa et lui demanda la permission de courir aux renseignements. Il était inquiet, croyant son père à Dieppe.

La maison des Dubosc se trouvait au premier tournant de la grande côte qui monte à gauche sur la falaise. Cachée dans un fouillis d'arbres, toute couverte de fleurs et de plantes grimpantes, elle dominait de ses terrasses à l'italienne la ville et la mer. Tout de suite, Simon fut rassuré. Son père, retenu à Paris, ne rentrait que le lendemain. C'est à peine, d'ailleurs, si l'on avait senti, de ce côté de Dieppe, une trépidation légère.

Simon retourna donc à l'hôtel de Miss Bakefield. Mais la jeune fille, enfermée dans sa chambre et désireuse de repos, lui fit dire qu'elle préférait demeurer seule jusqu'au soir. Assez étonné de cette réponse, dont il ne devait comprendre que par la suite l'exacte signification, il passa au domicile de son ami Edwards, ne le trouva pas, rentra chez lui, dîna et se promena dans les rues de Dieppe.

Les dégâts n'étaient pas aussi considérables qu'il le supposait. Ce qu'on a l'habitude de nommer le premier tremblement de terre de Dieppe, par opposition avec le grand cataclysme dont il fut l'avant-coureur, comporta tout au plus deux oscillations préliminaires, que suivit, quarante secondes après, une forte secousse, accompagnée d'un bruit formidable et d'une série de détonations. Et ce fut tout. Aucun accident de personnes. Quant à la vague, improprement appelée raz de marée, qui galopa sur la plage, elle n'eut qu'une hauteur très faible et une puissance d'attaque assez restreinte. Mais les gens que Simon rencontra, et ceux avec lesquels il s'entretint, gardaient de ces quelques secondes une épouvante que les heures ne semblaient pas atténuer. Les uns continuaient à courir sans savoir où ils allaient. Les autres, et c'était le plus grand nombre, restaient dans un état d'hébétement absolu, ne répondant pas aux questions, ou n'y répondant que par des phrases incohérentes.

De fait, plus qu'ailleurs, en ces régions apaisées où le sol a pris depuis des siècles et des siècles sa configuration irrévocable, sans qu'aucune manifestation volcanique pût être seulement envisagée comme possible, un tel phénomène offrait quelque chose de particulièrement effarant, d'illogique, d'anormal, en contradiction violente avec les lois de la nature et avec les conditions de sécurité que chacun de nous a le droit de considérer comme immuables et comme définitivement accordées par le destin.

Et Simon qui, depuis la veille, rôdait dans cette atmosphère de trouble, Simon qui se souvenait des prédictions inachevées du père Calcaire et qui avait vu la trombe gigantesque et l'engloutissement de la *Reine-Mary*, Simon se demandait :

« Qu'y a-t-il ? que va-t-il se produire ? De quelle

manière imprévue, et par quel ennemi redoutable, sera livré le prochain assaut ? »

Bien qu'il eût voulu quitter Dieppe au cours de cette nuit ou de la matinée suivante, ce départ lui semblait une désertion au moment où son père revenait et où tant de symptômes annonçaient l'imminence d'une bataille suprême.

« Isabel me conseillera, se dit-il. Nous prendrons ensuite les résolutions nécessaires. »

La nuit, cependant, était venue. A neuf heures, il regagna l'hôtel et pria qu'on avertît Miss Bakefield. Il fut stupéfait. Miss Bakefield n'était plus là. Une heure auparavant, descendant de sa chambre, elle avait remis au bureau une lettre à l'adresse de Simon Dubosc, et, subitement, elle avait quitté l'hôtel.

Déconcerté, Simon demanda des explications. Personne ne put lui en donner. Tout au plus l'un des garçons déclara-t-il que la jeune fille avait rejoint un matelot qui paraissait la guetter dans la rue et qu'ils étaient partis ensemble.

Prenant la lettre, Simon s'éloigna avec l'intention d'entrer dans un café ou de revenir à l'hôtel, mais il n'eut pas le courage d'attendre, et c'est à la lueur d'un réverbère qu'il décacheta l'enveloppe et qu'il lut ces lignes :

« SIMON,

« Je vous écris en toute confiance, avec la certitude heureuse que toutes mes paroles seront comprises et ne provoqueront en vous ni rancune ni amertume, ni même, après le premier choc douloureux, ni même de réelle détresse.

« Simon, nous nous sommes trompés. S'il est

juste que notre amour, que notre grand et sincère amour, domine toutes nos pensées et soit le but de toute notre vie, il n'est pas juste que cet amour soit notre seule règle et notre seul devoir. En partant, nous avons accompli un de ces actes qui ne sont permis qu'à ceux dont le destin a contrarié obstinément tous les rêves et détruit toutes les joies, un acte d'affranchissement et de révolte, auquel on a droit quand il n'est pas d'autre recours que la mort. Est-ce notre cas, Simon ? Qu'avons-nous fait pour mériter le bonheur ? Quelles épreuves avons-nous subies ? Quels efforts avons-nous tentés ? Quelles larmes avons-nous versées ?

« J'ai beaucoup réfléchi, Simon. J'ai pensé à tous ces pauvres gens qui ne sont plus et dont le souvenir me fera toujours trembler. J'ai pensé à nous deux et j'ai pensé à ma mère, que j'ai vue mourir aussi... Rappelez-vous... Nous parlions d'elle, et des quelques bijoux qu'elle m'avait confiés en mourant. Ils sont perdus, et cela me cause tant de peine !

« Simon, je ne veux pas considérer cette chose, et moins encore tous les malheurs de cette affreuse journée, comme des avertissements qui nous sont destinés. Mais je veux, du moins, que cela nous serve à regarder la vie d'une autre manière, et à lutter contre les obstacles avec une âme plus noble et plus vaillante. Le fait que nous vivons encore, vous et moi, alors que tant d'autres sont morts, nous interdit tout ce qui est faiblesse, mensonge, équivoque, tout ce qui n'est pas le plein jour et la pleine lumière.

« Conquérez-moi, Simon. Pour ma part, je vous mériterai à force de confiance et d'obstination. Si nous sommes dignes l'un de l'autre, nous réussirons, et nous n'aurons pas à rougir d'un bonheur qu'il nous faudrait payer maintenant, je l'ai senti plusieurs fois aujourd'hui, par trop d'humiliation et de honte.

« Simon, vous ne chercherez pas à me revoir, n'est-ce pas ?

« Votre fiancée : ISABEL. »

Simon resta quelques secondes interdit. Comme l'avait prévu Miss Bakefield, le premier choc était infiniment douloureux. Les idées se heurtaient dans sa tête sans qu'il parvînt à les saisir. Il n'essayait pas de comprendre et ne se demandait pas s'il approuvait la jeune fille. Il souffrait, comme il ne savait point que l'on pût souffrir.

Et tout à coup, dans le désordre de son cerveau, parmi les suppositions incohérentes qui s'offraient à lui, une pensée l'effleura. Oui, Isabel, résolue à se soumettre à son père, avant que le scandale de sa fuite ne fût ébruité, avait conçu le projet de rejoindre Lord Bakefield. Mais comment mettrait-elle son projet à exécution ? Et Simon se souvenait : Isabel avait quitté l'hôtel brusquement, à pied, et accompagnée d'un matelot qui portait sa valise. Or, l'embarcadère des paquebots de Dieppe à Newhaven se trouvait à proximité de l'hôtel et le paquebot de nuit levait l'ancre dans une heure ou deux.

« Oh ! serait-ce possible ! » murmura-t-il en songeant, avec un frisson, aux convulsions de la mer et au naufrage de la *Reine-Mary*.

Il s'élança. Malgré la volonté d'Isabel, il voulait la voir, et si elle résistait à son amour, la supplier tout au moins de renoncer aux périls d'une traversée immédiate.

Aussitôt sur le quai, il avisa, derrière la gare

maritime, les cheminées du paquebot. Sans aucun doute, Isabel était là, dans une des cabines. Il y avait du monde autour de la gare, et beaucoup de bagages accumulés. Simon se dirigea vers la passerelle. Mais un employé, de faction, l'arrêta.

« Je n'ai pas de billet, dit Simon. Je cherche une dame qui est embarquée et qui voyage cette nuit.

— Il n'y a pas de voyageurs à bord, dit l'employé.

— Ah ! pourquoi ?

— La traversée n'a pas lieu. On a reçu des ordres de Paris. Toute navigation est interrompue.

— Ah ! fit Simon Dubosc avec un sursaut de joie... la navigation est interrompue ?

— Oui, c'est-à-dire sur la ligne.

— Comment ? sur la ligne ?...

— Dame, la Compagnie ne s'occupe que d'elle. Si d'autres bateaux veulent prendre le large, ça les regarde, on ne peut pas les empêcher.

— Mais, dit Simon, déjà inquiet, aucun ne s'est risqué, depuis tantôt, je suppose ?

— Si, il y en a un, voici près d'une heure.

— Ah ! et vous l'avez vu ?

— Oui, un bateau de plaisance, qui appartient à un Anglais.

— Edwards Rolleston, peut-être ? s'écria Simon, un peu au hasard.

— Oui, je crois... Rolleston ? Oui, oui, c'est bien cela, un Anglais qui venait d'armer son bateau. »

La brusque vérité envahit Simon. Edwards, retenu à Dieppe, apprenait par hasard l'arrivée de Miss Bakefield, se présentait à son hôtel et, sur sa demande, organisait le départ. D'ailleurs, lui seul était capable de risquer une pareille entreprise et de l'imposer à ses matelots à coups de bank-notes.

La conduite du jeune Anglais prouvait un tel dévouement et un tel courage que Simon recouvra sur-le-champ tout son sang-froid. Il ne ressentit contre lui ni colère ni rancune. Il domina ses craintes, et il résolut d'avoir confiance.

Les nuages glissaient sur la ville, si bas qu'on en discernait les formes noires dans la nuit obscure.

Il traversa la plage et s'appuya contre le balcon qui borde le boulevard maritime. On voyait l'écume blanche des lourdes vagues qui roulaient sur le sable lointain et l'on entendait leurs combats méchants autour des rochers. Pourtant, la tempête prévue ne se déchaînait pas encore. Plus terrible en sa menace ininterrompue et lancinante, elle semblait attendre des renforts et retenir son élan pour le rendre plus impétueux.

« Isabel aura le temps d'arriver », dit Simon.

Il était très calme, plein de foi dans le présent comme dans l'avenir. En accord absolu avec Isabel, il approuvait son départ et n'en souffrait pas.

« Allons, pensa-t-il, l'heure de l'action est venue. »

Il le connaissait, maintenant, le but en vue duquel il se préparait depuis des années : il s'agissait de conquérir une femme qui lui était plus chère que tout et dont la conquête l'obligeait à revendiquer dans le monde la place que lui vaudraient ses mérites.

Assez de matériaux accumulés ! Son devoir était de dépenser, de gaspiller même, comme un prodigue qui jette l'or à pleines mains, sans craindre d'épuiser jamais son trésor.

« L'heure est venue, répéta-t-il. Si j'ai quelque valeur, il faut le prouver. Si j'ai eu raison d'attendre et de m'enrichir, il faut le prouver. »

Il se mit à marcher sur le boulevard, la tête

haute, la poitrine large ouverte, et en frappant le sol d'un bruit net. Le vent commençait à faire rage. Des ondées furieuses fouettaient l'espace. Misères insignifiantes pour un Simon Dubosc, dont le corps, en toutes saisons vêtu d'étoffes légères, ne s'apercevait pas des injures du temps et qui, au déclin d'une journée marquée par tant d'épreuves, n'accusait pas le moindre symptôme de fatigue.

En vérité, il se sentait inaccessible aux faiblesses habituelles. Ses muscles avaient une résistance illimitée. Ses jambes, ses bras, son torse, tout son être patiemment exercé, pouvaient soutenir l'effort le plus violent et le plus opiniâtre. Par ses yeux, par ses oreilles, par ses narines, il participait de la façon la plus aiguë à tous les frémissements du monde extérieur. Aucune tare. Des nerfs en équilibre. Une volonté tendue au premier choc. La faculté de se résoudre à la première alerte. Une sensibilité toujours en éveil, mais contrôlée par la raison. Une intelligence vive. Un esprit logique et clair. *Il était prêt.*

Il était prêt. Comme un athlète, au mieux de sa forme, il se devait à lui-même d'entrer dans la lice et d'accomplir une prouesse. Or, coïncidence admirable, les événements semblaient lui promettre un champ d'action où cette prouesse pourrait se réaliser de la façon la plus éclatante. Comment ? Il l'ignorait. A quel moment ? Il n'aurait su le dire. Mais il avait l'intuition profonde que des routes nouvelles allaient s'ouvrir devant lui.

Une heure durant, il se promena enthousiasmé et palpitant d'espoir. Brusquement une rafale d'eau, comme arrachée à la crête des vagues, bondit sur la plage et la pluie tomba, par paquets désordonnés qui s'abattaient dans tous les sens.

C'était la tempête. Et Isabel se trouvait encore en mer.

Il haussa les épaules, refusant de laisser place en lui à un retour d'inquiétude. Si, l'un et l'autre, ils avaient échappé au naufrage de la *Reine-Mary*, ce n'était pas pour que l'un des deux expiât maintenant cette faveur inouïe. Non, malgré tout ce qui pourrait advenir, Isabel arriverait là-bas. Le destin les protégeait.

Sous des torrents de pluie qui déferlaient à travers la plage et par les rues inondées, Simon regagna la villa Dubosc. Une force indomptable le soutenait. Et il songeait avec orgueil à sa belle fiancée, qui, dédaigneuse, elle aussi, des épreuves accumulées, inlassable comme lui, s'en allait brusquement dans la nuit terrifiante...

IV

LE CATACLYSME

LES cinq jours qui vinrent furent de ceux dont le souvenir pèse sur un pays durant d'innombrables générations. Bourrasques, cyclones, inondations, soulèvements des fleuves, révoltes de la mer... les côtes de la Manche et en particulier la région de Fécamp, de Dieppe et du Tréport, subirent l'assaut le plus acharné que l'on puisse concevoir.

Bien qu'il soit impossible d'admettre, au point de vue scientifique, la moindre relation entre cette série de tempêtes et le formidable événement du 4 juin, c'est-à-dire du cinquième et du dernier de ces jours, quelle étrange coïncidence ! Comment les foules, depuis, n'eussent-elles pas cru ces phénomènes solidaires les uns des autres ?

A Dieppe, centre incontestable des premières secousses sismiques, à Dieppe et dans les environs, ce fut l'enfer. On eût dit que ce point du monde était le rendez-vous de toutes les puissances qui attaquent, qui saccagent, qui minent, et qui tuent. Dans le tourbillon des trombes ou dans le remous des rivières débordées, sous le choc des arbres déracinés, des falaises qui s'écroulaient, des échafaudages, des pans de mur, des clochers d'églises, des cheminées d'usines, de tous les matériaux charriés par le vent, les morts se multiplièrent. Vingt familles furent en deuil dès le premier jour, quarante le deuxième. Et releva-t-on jamais exactement le chiffre des victimes que fit la grande convulsion dont s'accompagna le formidable événement ?

Ainsi qu'il arrive en ces périodes de danger constant, où chacun ne pense qu'à soi et aux siens, Simon ne connut guère le fléau que par les manifestations qui l'atteignirent. Un radio-télégramme d'Isabel l'ayant rassuré, il ne lisait les journaux que pour s'assurer que sa fuite avec Miss Bakefield n'était point soupçonnée. Le reste, détails sur l'engloutissement de la *Reine-Mary*, articles où l'on célébrait sa présence d'esprit, son courage et le courage d'Isabel, études où l'on tentait d'expliquer les convulsions de la Manche, tout cela, il n'avait guère le temps de s'en occuper.

Il ne quittait pas son père auquel l'attachaient des liens d'affection profonde. Il lui confia le secret de son amour, les incidents de la veille, ses projets. Ensemble, ils erraient à travers la ville ou s'en allaient dans la campagne, tous deux aveuglés et trempés par les averses, titubant sous les rafales et baissant la tête sous la mitraille des tuiles et des ardoises. Sur les routes, les arbres et les poteaux télégraphiques étaient fauchés comme des épis de blé. Les bottes de paille, les gerbes de colza, les fagots de bois, les palissades, les grillages tourbillonnaient comme des feuilles mortes à l'automne. Guerre sans merci que la nature semblait se faire à elle-même pour le plaisir d'abîmer et de ravager.

Et la mer continuait à rouler ses vagues gigantesques avec un bruit assourdissant. Tout service était interrompu entre la France et l'Angleterre. Des radios signalaient le péril aux grands paquebots qui venaient d'Amérique ou d'Allemagne, et aucun d'eux n'osait s'engager dans la passe infernale.

Le quatrième et avant-dernier jour, le mardi 3 juin, il y eut une légère détente.

L'assaut suprême se préparait. M. Dubosc, épuisé, ne se leva pas de l'après-midi. Simon se jeta également sur son lit, tout habillé, et dormit jusqu'au soir. Mais à neuf heures, un choc les réveilla.

Simon crut que sa fenêtre, brusquement ouverte, avait cédé à l'effort du vent. Un second choc, plus net, abattit sa porte, et il se sentit pivoter sur lui-même, tandis que les murs de sa chambre tournoyaient.

En hâte, il descendit et trouva dans le jardin son père et les domestiques, tous affolés et lâchant des paroles incohérentes. Après un long moment, durant lequel les uns voulaient fuir, et les autres s'agenouillèrent, une pluie violente, renforcée de grêle, les fit rentrer.

A dix heures, on se mit à table. M. Dubosc ne

disait pas un mot. Les domestiques étaient livides et tremblaient. Simon gardait au fond de son être horripilé l'impression effarante du frémissement des choses.

A dix heures cinquante, une vibration assez faible, mais qui se prolongea, et dont les battements étaient très rapprochés les uns des autres comme ceux d'une sonnerie, fit tomber des faïences accrochées au mur et arrêta la pendule. Tout le monde partit de nouveau et l'on s'entassa sous un petit kiosque de chaume que la pluie cinglait obliquement.

Au bout d'une demi-heure, la trépidation recommença, et pour ainsi dire ne cessa plus, faible et lointaine d'abord, et puis de plus en plus perceptible, comme un de ces frissons de fièvre venus du fond de notre chair et qui nous ébranlent tout entiers.

A la fin, cela devenait un supplice. Deux des domestiques sanglotaient. M. Dubosc avait entouré de son bras le cou de Simon, et il balbutiait des mots de peur et de démence. Simon lui-même ne pouvait plus supporter cette sensation exécrable du tremblement de terre, le vertige de l'être qui perd son point d'appui. Il lui semblait vivre dans un monde disloqué, et que son cerveau enregistrait des impressions absurdes et grotesques.

De la ville montait une clameur ininterrompue. Sur la route, toute une foule passa qui fuyait vers les hauteurs. Une cloche d'église envoyait dans l'espace le son lugubre du tocsin, tandis que des horloges frappaient les douze coups de minuit.

« Sauvons-nous ! Sauvons-nous ! » s'écria M. Dubosc.

Simon protesta :

« Voyons, père, c'est inutile. Que pouvons-nous craindre ? »

Mais une panique emportait tous les gens. Chacun agissait au hasard, avec des gestes inconscients ainsi qu'une machine détraquée qui fonctionne à rebours. Les domestiques rentrèrent, stupidement, comme on inspecte au départ une maison que l'on quitte. Dans une hallucination, Simon aperçut l'un d'eux qui jetait au fond d'une sacoche en toile des candélabres dorés et les boîtes d'argenterie dont il avait la garde, un autre qui s'enveloppait d'un tapis de table, un autre qui remplissait ses poches de pain et de gâteaux secs. Lui-même, son instinct l'ayant conduit dans un petit cabinet de toilette situé au rez-de-chaussée, il endossa un veston de cuir et changea ses bottines pour de lourdes chaussures de chasse. Et il entendit son père qui lui disait :

« Tiens..., prends mon portefeuille..., il y a de l'argent, des liasses de billets... il vaut mieux que ce soit toi... »

Subitement, les lumières électriques s'éteignirent, et, en même temps, au loin, gronda un étrange coup de tonnerre, mais si étrange, si différent du bruit habituel de la foudre ! Et cela recommença en un fracas moins strident, accompagné de crépitements souterrains, et qui grossit encore, pour éclater une seconde fois en une série de formidables détonations, plus puissantes que des décharges d'artillerie.

Alors, ce fut une galopade éperdue vers la route. Mais les fuyards n'étaient pas sortis du jardin que l'effroyable catastrophe annoncée par tant de phénomènes, se produisit. La terre bondit sous eux, et aussitôt se déroba, et bondit de nouveau, comme une bête qui se convulse.

Simon et son père furent jetés l'un contre l'autre, puis séparés violemment et précipités sur le sol.

Autour d'eux se propageait le vacarme immense d'un écroulement où toutes les choses tombaient dans un incroyable chaos. Il sembla que les ténèbres redoublaient d'intensité. Et puis, soudain, un bruit plus proche, un bruit qui les toucha, pour ainsi dire, une sorte de craquement. Et des cris jaillirent, qui venaient des entrailles mêmes du sol.

« Arrête ! » s'exclama Simon, en empoignant son père qu'il avait réussi à rejoindre... Arrête ! »

Il sentait devant lui, à quelques centimètres devant, l'horreur d'un abîme entrouvert, et c'était du fond même de cette crevasse que montaient les hurlements de leurs compagnons.

Et trois secousses encore...

Simon se rendit compte, au bout d'un instant, que son père, les doigts crispés à son bras, l'entraînait avec une énergie sauvage. Tous deux escaladèrent la route en courant comme des aveugles, à tâtons, au milieu des obstacles que le tremblement de terre avait accumulés.

M. Dubosc avait son but, la falaise de Caude-Côte, plateau découvert où la sécurité serait complète. Mais, ayant pris un chemin de traverse, ils se heurtèrent à une bande de forcenés qui leur apprirent que la falaise s'était éboulée, entraînant de nombreuses victimes. Et tous ces gens ne pensaient plus qu'à gagner le bord de la mer. Avec eux, M. Dubosc et son fils dégringolèrent les sentiers qui conduisent dans la vallée de Pourville, dont la plage s'ouvre à trois kilomètres de Dieppe. Une foule de villageois encombraient la terrasse ou bien s'abritaient de la pluie sous les cabines renversées par le vent. Et d'autres, la mer étant très basse, avaient descendu les pentes de galets, franchi la ligne du sable, et se risquaient jusqu'aux rochers, comme si, là seulement, eût cessé tout péril. A la lueur indécise d'une lune qui s'efforçait de percer le rideau des nuages, on les voyait errer comme des fantômes.

« Viens, Simon, fit M. Dubosc, allons-y. »

Mais Simon le retint.

« Nous sommes bien ici, père. D'ailleurs, il semble que cela s'apaise. Repose-toi.

— Oui, oui, si tu veux, reprit M. Dubosc qui était fort déprimé... Et puis, nous retournerons à Dieppe... Je voudrais m'assurer que mes bateaux n'ont pas trop souffert. »

Un ouragan passa, chargé de pluie.

« Ne bouge pas, dit Simon, il y a une cabine à trente pas de là... Je vais voir... »

Il s'éloigna. Trois hommes déjà étaient étendus sous cette cabine, qu'ils avaient attachée à l'un des arcs-boutants de la terrasse. Et d'autres survinrent qui voulurent également s'y réfugier. Il y eut des coups de poing. Simon s'interposa. Mais la terre tressaillit, une fois de plus, et l'on entendit, à droite et à gauche, le craquement de falaises qui s'abattaient.

« Où es-tu, père ? » cria Simon, revenant en hâte vers l'endroit où il avait laissé M. Dubosc.

Ne trouvant plus personne, il appela. Mais le bruit de la tempête couvrit sa voix, et il ne savait plus de quel côté chercher. Repris de peur, M. Dubosc s'était-il enfoncé davantage vers la mer ? Ou bien, inquiet de ses bateaux, retournait-il à Dieppe ainsi qu'il en avait marqué l'intention ?

Au hasard — mais doit-on appeler hasard ces décisions inconscientes, qui nous poussent à suivre la route même de notre destinée ? — Simon se mit à courir sur le galet et sur le sable. Puis, à travers le dédale des rochers gluants, entravé par les pièges que tendait le réseau des algues et des varechs, trébuchant dans les flaques d'eau où venaient expirer en remous et en clapotements les hautes vagues du large, il rejoignit les fantômes qu'il avait aperçus de loin.

Il alla de l'un à l'autre, et, ne reconnaissant pas son père, il se disposait à regagner la terrasse lorsqu'il se produisit un petit fait qui changea sa résolution. La lune apparut tout entière. Aussitôt masquée, elle apparut encore, et, à plusieurs reprises, entre les nuages échevelés, sa lumière s'épanouit ainsi dans l'espace, éclatante et magnifique. Alors, Simon, qui avait obliqué vers la droite de la plage, constata que les falaises, en s'effondrant, avaient enseveli le rivage sous le plus gigantesque chaos que l'on pût imaginer. Les masses blanches s'entassaient les unes sur les autres comme des montagnes de craie. Et Simon crut même discerner qu'une de ces masses, entraînée par son poids, avait roulé jusqu'à la pleine mer, où elle surgissait maintenant, à trois cents mètres de lui.

A la réflexion, il n'admit point que cela fût possible, la distance étant beaucoup trop grande, mais, en ce cas, qu'était-ce que cette silhouette énorme qui s'allongeait là-bas ainsi qu'une bête accroupie ? Cent fois, durant son enfance, il avait mené sa périssoire, ou bien était venu pêcher le bouquet dans ces parages, et il savait de façon certaine que rien ne s'y dressait au-dessus des eaux.

Qu'était-ce ? Un banc de sable ? Cela paraissait avoir des lignes plus heurtées, et la couleur grise en était celle de rochers, de rochers nus, sans vêtements d'algues ni de varechs.

Il avança. En vérité, une ardente curiosité le poussait, mais plus encore, il s'en rendit compte par la suite, plus encore quelque chose de mystérieux et de tout-puissant, qui était l'esprit d'aventure. L'aventure le tenta : aller vers ce sol nouveau, dont il ne pouvait pas ne pas attribuer la provenance aux convulsions récentes de la terre.

Et il y alla. Après la première zone de sable, et après celle des petits rochers où il se trouvait, c'était la zone définitive de sable sur laquelle les vagues roulent éternellement. Mais, de place en place, des roches émergeaient encore, et il put ainsi, par un effort tenace, accéder à cette sorte de promontoire entrevu.

C'était bien un sol dur, fait de dépôts et de sédiments, comme eût dit le père Calcaire. Et Simon comprit que, sous l'action des grandes secousses, et grâce à un phénomène physique dont il ignorait le mécanisme, le fond de la mer s'était élevé brutalement jusqu'à dominer les flots d'une hauteur qui variait selon les endroits, mais qui dépassait, certes, le niveau des plus fortes marées.

Promontoire assez étroit, puisque, aux clartés intermittentes de la lune, Simon voyait, de chaque côté, l'écume des vagues voltiger au bord de ce nouveau récif. Promontoire irrégulier, large de trente ou quarante mètres ici, plus loin de cent ou même deux cents mètres, et qui se continuait comme une levée de terre en suivant à peu près l'ancienne ligne des falaises.

Simon n'hésita pas. Il se mit en route. Le terrain inégal et montueux, d'abord, parsemé de flaques d'eau, hérissé de rocs que le travail opiniâtre de la mer avait pousés jusque-là, s'aplanit peu à peu, et Simon put marcher assez vite, bien que gêné par une multitude d'objets, souvent à demi engagés dans le sol, et que les lames de fond n'avaient pu balayer, boîtes de conserves, vieux seaux, vieilles ferrailles, ustensiles informes vêtus d'herbes marines et grossis de petits coquillages.

Quelques minutes plus tard, il aperçut Dieppe sur sa droite. Spectacle de désolation, qu'il devina plutôt qu'il ne le vit. Des lueurs d'incendies mal éteints empourpraient l'atmosphère, et la ville lui sembla telle que ces malheureuses cités où des hordes de barbares ont campé pendant des semaines et des semaines. Il avait suffi d'un frisson de la terre pour que le désastre fût plus immense encore.

A ce moment, un fin réseau de nuées grises se tendit au-dessus des gros nuages noirs que l'ouragan chassait, et la lune disparut. Simon fut indécis. Tous les phares étant démolis, comment se guiderait-il si les ténèbres s'épaississaient? Il pensa à son père qui s'inquiétait, peut-être, mais il pensa aussi, et plus ardemment, à sa fiancée lointaine, qu'il lui fallait conquérir, et comme l'idée de cette conquête se mêlait en lui, il n'aurait su dire pourquoi, à des visions de périls acceptés et de choses exceptionnelles, il avait l'impression de ne pas se tromper en s'engageant dans cette voie. Marcher plus avant, c'était marcher vers un inconnu redoutable. Le sol qui venait de surgir pouvait s'effondrer. Les flots pouvaient regagner le terrain perdu et lui couper toute retraite. Quelque abîme insondable pouvait s'entrouvrir sous ses pas. Marcher plus avant, c'était de la folie...

Il marcha.

V

LA TERRE VIERGE

Il n'était guère plus d'une heure du matin. La tempête soufflait avec moins de rage, et les rafales avaient cessé, de sorte que Simon prit tout de suite une allure aussi vive que le lui permirent les petits obstacles auxquels il se heurtait et la lumière confuse qui se dégageait du ciel. D'ailleurs, s'il obliquait trop d'un côté ou de l'autre, le bruit plus voisin des vagues l'en avertissait.

Ainsi passa-t-il devant Dieppe, et suivit-il une direction qui, tout en variant selon des courbes et des lignes brisées, demeurait néanmoins, à son avis, parallèle aux côtes normandes. Toute cette première étape, il la fit en une demi-inconscience, ne songeant qu'à gagner du terrain, et persuadé que son exploration allait s'interrompre d'un instant à l'autre. Il ne lui semblait pas pénétrer dans des régions sans bornes, mais plutôt prendre constamment son élan vers un but très proche qui se dérobait aussitôt à lui, et qui était la pointe extrême de cette presqu'île miraculeuse.

« Voilà, se disait-il, voilà, j'arrive... La terre nouvelle va jusqu'ici. »

Mais la terre nouvelle continuait à s'allonger dans les ténèbres, et plus loin il se répétait :

« C'est là-bas... le cercle d'écume se referme... je le vois... »

Mais le cercle s'ouvrait, laissant un couloir par où Simon poursuivait sa course.

Deux heures... Deux heures et demie. Parfois, il avait de l'eau jusqu'aux genoux ou bien il enfonçait dans des couches de sable plus épaisses. C'étaient les parties basses, les vallées de la presqu'île, et peut-être y en avait-il, pensait Simon, où ces couches seraient assez profondes pour s'opposer à son passage. Il repartait d'autant plus vite. Les pentes s'élevaient devant lui, le conduisaient à des monticules hauts de dix ou quinze mètres, dont il descendait en hâte l'autre versant. Et, perdu dans l'immensité de la mer, emprisonné par elle, absorbé par elle, il avait l'illusion de courir à sa surface, au flanc de grandes vagues immobiles et figées.

Il s'arrêta. En face de lui, un point de feu avait traversé l'ombre, loin, très loin, et il revit la flamme quatre fois, à intervalles réguliers. Un quart de minute après, une nouvelle série d'éclairs à laquelle succéda un repos égal.

« Un phare, murmura Simon... un phare que le cataclysme a épargné. »

Justement, la levée de terre se dirigeait vers cette clarté, et Simon calcula qu'il aboutirait ainsi au Tréport, peut-être plus au Nord, si le phare marquait l'embouchure de la Somme, ce qui était fort possible. Et, en ce cas, il lui faudrait encore marcher cinq ou six heures et à la même allure rapide.

Mais aussi brusquement qu'il avait avisé les feux intermittents, il les perdit de vue, les chercha, ne les découvrit pas et se sentit accablé, comme si, après la mort de ces petites flammes clignotantes, il n'eût plus espéré sortir jamais des lourdes ténèbres qui l'étouffaient, ni connaître le secret formidable à la poursuite duquel il s'était élancé. Que faisait-il ? Où se trouvait-il ? Que signifiait tout cela ? A quoi bon tant d'efforts ?

« Au galop, cria-t-il. Et ne pensons plus. Je comprendrai plus tard, quand j'arriverai. Jusque-là, il s'agit de marcher, de marcher comme une brute. »

Il parlait à haute voix pour secouer sa torpeur. Et, par protestation contre une défaillance dont il avait honte, il se mit au pas gymnastique.

Il était trois heures et quart. Dans l'air plus vif du matin, il éprouva une sensation de bien-être. En outre, il constata que l'ombre qui l'enveloppait devenait plus légère et qu'elle reculait peu à peu, ainsi qu'une vapeur qui se dissipe.

C'étaient les premières lueurs de l'aube. Rapidement, le jour se leva, et enfin la terre nouvelle apparut aux yeux de Simon, grise comme il le supposait, et plus jaune, parfois, avec des traînées de sable, avec des dépressions remplies d'eau et où l'on voyait s'ébattre ou agoniser les poissons les plus divers, avec tout un cortège d'îlots et de grèves irrégulières, avec des plages de petits graviers agglomérés, avec des espaces de végétation, avec des montées et des descentes assez molles, pareilles aux ondulations d'une plaine.

Et au milieu de cela, toujours une multitude de choses dont on ne pouvait plus discerner la forme réelle, débris accrus et gonflés par l'apport de tout ce qui s'incruste et de tout ce qui s'accroche, ou bien, au contraire, rongés, usés, attaqués, émiettés par tout ce qui dissout et tout ce qui anéantit.

C'étaient des épaves. Innombrables, luisantes, visqueuses, de toutes les apparences et de toutes les matières, d'un âge qui se comptait par mois ou par années, peut-être par siècles, elles attestaient la suite ininterrompue de mille et mille naufrages. Autant de morceaux de bois ou de fer, autant de vies humaines englouties par grappes de dix ou de cent. Jeunesse, santé, fortune, espoir, chaque épave représentait la destruction de tous les rêves et de toutes les réalités, et chacune rappelait aussi la détresse des vivants, le deuil des mères et des épouses.

Et le champ de mort s'allongeait indéfiniment, cimetière immense et tragique, comme la terre n'en connaît pas, avec des alignements illimités de sépultures, de pierres tombales et de monuments funéraires. A droite et à gauche, rien, rien qu'un brouillard opaque qui s'élevait de l'eau, cachait l'horizon aussi exactement que les voiles de la nuit, et ne permettait pas à Simon d'y voir à plus de cent pas en avant. Mais, de ce brouillard, ne cessaient d'émerger de nouvelles terres, et cela semblait si bien appartenir au domaine du fabuleux et de l'incroyable que le jeune homme s'imaginait aisément qu'elles montaient de l'abîme à son approche et se formaient pour lui offrir un passage.

Un peu après quatre heures, il y eut un retour de tempête, une offensive de mauvais nuages qui envoyèrent des bordées de pluie et de grêle. Le vent se fit une trouée dans les brumes, qu'il chassa vers le Nord et vers le Sud, et, là-bas, à droite de Simon, le long d'une bande de clarté rose qui sépara les flots du ciel noir, là-bas se dessina la ligne des côtes.

Ligne indécise et qu'on aurait pu prendre pour un mince filet de nuées immobiles, mais dont il connaissait si bien l'aspect général qu'il n'eut pas la moindre hésitation. C'étaient les falaises de la Seine-Inférieure et de la Somme, entre Le Tréport et Cayeux.

Il se reposa quelques minutes, puis, pour alléger

son équipement, se débarrassa de ses chaussures trop lourdes et de son veston de cuir qui lui tenait trop chaud. Et comme il retirait de ce veston le portefeuille de son père, il trouva dans une des poches deux biscuits et un morceau de chocolat qu'il y avait placés lui-même, pour ainsi dire à son insu.

S'étant restauré, il repartit vivement, non pas à l'allure prudente d'un explorateur qui ne sait point où il va et qui mesure son effort, mais en menant le train d'un athlète qui a établi son tableau de marche et qui s'y conforme, en dépit des obstacles et des difficultés. Une allégresse singulière le soulevait. Il était joyeux de dépenser tant de forces accumulées depuis tant d'années, et de les dépenser pour une œuvre qu'il ignorait, mais dont il pressentait la grandeur exceptionnelle. Il avait les coudes au corps, la tête renversée. Ses pieds nus marquaient le sable d'une trace légère. Le vent lui baignait le visage et jouait avec ses cheveux. Quelle volupté !

Durant près de quatre heures il maintint sa vitesse. A quoi bon se réserver ? Il s'attendait toujours à ce que la terre nouvelle changeât de direction, et, tournant brusquement à droite, vint s'amorcer aux rivages de la Somme.

Et, en toute sécurité, il avançait.

L'étape devint pénible, à certains moments. La mer ayant monté, ses vagues, parfois, escaladaient les parties de sable émergées, que ne protégeait aucune barrière de récifs, et elles formaient d'un côté à l'autre, aux endroits moins larges, de véritables rivières où Simon devait s'engager presque à mi-jambes. En outre, malgré les quelques aliments qu'il avait pris, la faim commençait à le tourmenter. Il lui fallut ralentir. Et une heure encore passa.

Les grandes bourrasques s'étaient éloignées. Les brumes revenues semblaient avoir étouffé le vent et resserraient leur étreinte. De nouveau, Simon marchait entre des nuées mouvantes qui lui masquaient sa route. Moins confiant, assailli par une sensation brusque d'isolement et de détresse, il éprouva très vite une lassitude, à laquelle il ne voulut pas céder.

C'était un tort. Il s'en rendit compte et, néanmoins, s'acharna comme s'il eût obéi au devoir le plus impérieux. D'une voix obstinée, il se donnait des ordres.

« En avant ! Dix minutes encore... Il le faut... Et encore dix minutes... »

Des choses défilaient de chaque côté, qui en toute autre circonstance eussent retenu son attention. Un coffre de mer, trois vieux canons, des armes, des boulets, un sous-marin. D'énormes poissons étaient échoués sur le sable. Parfois, une mouette blanche tournoyait dans l'espace.

Et ainsi arriva-t-il auprès d'une grande épave dont l'état de conservation révélait le naufrage récent. C'était un bateau retourné, la quille profondément enfoncée dans un creux de sable, et qui dressait sa poupe noire traversée d'une bande rose, où Simon put lire : « *La bonne Vierge*, Calais. »

Et il se souvint. *La Bonne Vierge* était un des deux bateaux dont les télégrammes affichés dans la gare de Newhaven annonçaient la perte. Utilisé pour un service de cabotage entre le nord et l'ouest de la France, il avait donc coulé sur une ligne allant de Calais au Havre, et Simon voyait là une preuve irrécusable qu'il suivait toujours les côtes de la France, en passant par ces points maritimes, dont il se rappelait les noms, le Ridin de Dieppe, la Bassure de Baas, le Vergoyer, etc.

Il était dix heures du matin. D'après l'allure générale qu'il avait gardée, en tenant compte des sinuosités et des pentes, Simon estima qu'il avait parcouru une distance de soixante kilomètres à vol d'oiseau et qu'il devait se trouver environ à hauteur de la pointe du Touquet.

« Qu'est-ce que je risque en insistant ? se dit-il. Tout au plus, de faire encore une quinzaine de lieues, de franchir le Pas-de-Calais et de déboucher dans la mer du Nord... auquel cas mon sort n'a rien de brillant. Mais ce serait bien le diable si, d'ici là, je n'accoste pas quelque part. Seulement voilà... quinze lieues en avant, ou quinze lieues en arrière, pour cela il ne faut pas avoir l'estomac vide. »

Par bonheur, car il éprouvait les signes d'une fatigue à laquelle il n'était pas habitué, cette question se résolut d'elle-même. Ayant fait le tour de l'épave, il réussit à se glisser sous la poupe et découvrit là un amas de caisses qui constituaient évidemment une partie de la cargaison. Toutes étaient plus ou moins éventrées, disloquées ou disjointes. Mais l'une d'elles, dont il fut facile à Simon d'arracher le couvercle, contenait des flacons de sirop, des bouteilles de vin, des piles de boîtes en fer-blanc, remplies de viandes conservées, ainsi que de poissons, de légumes et de fruits.

« A merveille, se dit-il en riant, Monsieur est servi. Par là-dessus, un peu de repos, et je n'aurai plus qu'à prendre mes jambes à mon cou. »

Le déjeuner fut excellent, et une longue sieste sous le bateau, parmi les caisses, acheva de le réconforter. A son réveil, en constatant que sa montre marquait déjà midi, il fut inquiet du temps perdu et songea tout à coup que d'autres avaient dû s'élancer sur la même route que lui, qui maintenant pouvaient l'atteindre et le distancer. Et cela, il ne le voulait pas. Aussi, dispos comme à la première minute, pourvu des provisions indispensables, et décidé à pousser l'aventure jusqu'à ses limites extrêmes, sans compagnon qui partageât sa gloire ou tentât de la lui ravir, il repartit à l'allure la plus soutenue.

« J'arriverai, pensait-il, je veux arriver. Il y a là un phénomène inouï, la création d'une terre qui va changer profondément les conditions de l'existence en cette partie du monde. Je veux être là le premier, et voir... Voir quoi ? Je ne sais pas, mais *je veux.* »

Quelle ivresse de fouler une terre où jamais personne n'a passé! On va la chercher, cette ivresse, au bout de l'univers dans des pays quelconques, dont il importe souvent bien peu de découvrir le secret. Lui, c'était au milieu des plus vieilles régions de la vieille Europe qu'il vivait sa prodigieuse aventure. La Manche ! Les côtes françaises! En ces endroits d'humanité trente et quarante fois séculaires, être porté par un sol vierge! Contempler des spectacles que nul regard n'a connus! Venir après les Gaulois, après les Romains, après les Francs, après les Saxons, et passer le premier! Passer le premier, avant les millions et les millions d'hommes qui passeraient à sa suite, sur le chemin nouveau qu'il aurait inauguré!

Une heure. Une heure et demie. Toujours des dunes de sable, toujours des épaves. Toujours ce rideau de nuées. Et toujours, pour Simon, cette impression de but qui se dérobe. Basse encore, la mer découvrait des îles plus nombreuses. Les vagues déferlaient très loin et roulaient ensuite sur de vastes berges, comme si la terre nouvelle se fût considérablement élargie.

Vers deux heures de l'après-midi, il parvint à des ondulations plus élevées, auxquelles succédèrent une suite de bas-fonds où ses pieds enfonçaient davantage. Absorbé par le spectacle lugubre d'un mât de navire qui pointait hors du sol et dont le pavillon effiloqué, décoloré, claquait au vent, il continua sans défiance. Au bout de quelques minutes, il avait du sable jusqu'aux genoux, puis jusqu'aux cuisses. Il en riait, toujours insouciant.

A la fin, cependant, n'avançant plus, il voulut reculer : son effort fut inutile. Il tenta de lever les jambes comme on prend appui tour à tour sur les marches d'un escalier : il ne le put pas. Il s'aida de ses mains plaquées sur le sol : elles s'enfoncèrent.

Alors, une sueur l'inonda. Il comprenait tout à coup l'épouvantable vérité : il était pris dans des sables mouvants.

Ce fut rapide. L'enlisement ne se produisait pas avec cette lenteur qui mêle un peu d'espoir à l'angoisse. Simon tomba, pour ainsi dire, dans le vide. Ses hanches, sa taille, son torse disparurent. Les bras allongés ralentirent un moment la chute. Il se raidit, se débattit. Vainement. Le sable montait, comme de l'eau, jusqu'à ses épaules, jusqu'à son cou.

Il se mit à hurler. Mais à qui s'adressait son appel dans l'immensité de ces solitudes ? Rien ne pouvait le sauver de la plus effroyable des morts. Alors, il ferma les yeux, de ses lèvres crispées mura sa bouche que le goût du sable emplissait déjà, et il s'abandonna, terrifié.

VI

LE TRIOMPHE

PLUS tard, il ne se rendit pas un compte exact du hasard auquel il dut son salut. Tout au plus lui sembla-t-il que l'un de ses pieds touchait à quelque chose de solide, qui lui servit d'appui, et que quelque chose encore lui permit d'avancer, d'un pas, puis de deux et de trois pas, de s'élever peu à peu hors de sa tombe et d'en sortir vivant. Que s'était-il passé? Avait-il heurté une planche détachée du navire englouti dont il apercevait le pavillon ? Il ne le sut pas. Mais ce qu'il n'oublia jamais, c'est l'horreur de cette minute, que suivit un tel effondrement de sa volonté et de son énergie, qu'il demeura longtemps couché sur une épave, les jambes brisées, tout frissonnant de fièvre et d'angoisse.

Il repartit machinalement, sous l'influence irrésistible des sentiments confus qui lui ordonnaient de marcher et d'aller à la découverte. Mais il n'avait pas le même entrain. Ses yeux restaient obstinément fixés au sol. Sans motif appréciable, il jugeait dangereux certains endroits et les évitait par un détour, ou même bondissait en arrière comme à la vue d'un gouffre. Simon Dubosc avait peur.

En outre, ayant déchiffré sur un morceau de bois qui provenait d'une épave le nom du Havre, c'est-à-dire d'un port situé derrière lui, il se demanda anxieusement si la terre nouvelle n'aurait pas changé de direction, et, se repliant sur elle-même, ne le conduisait pas dans la partie la plus large de la Manche.

L'idée de ne plus savoir où il était, et vers quoi il se dirigeait, redoubla sa lassitude. Il se sentit accablé, découragé, affreusement seul. Il n'espérait point de secours, ni par la mer, où aucun bateau n'aurait osé se risquer, ni par la voie des airs, que le brouillard interdisait aux aéroplanes. Alors, qu'adviendrait-il ?

Pourtant, il marchait, et les heures s'écoulaient, et la bande de terre déroulait indéfiniment sous ses yeux le même spectacle monotone, les mêmes dunes mélancoliques, le même paysage morne que nul soleil n'avait jamais éclairé.

« J'arriverai, répétait-il obstinément. Je veux arriver, je le veux. »

Quatre heures. Il regardait souvent sa montre, comme s'il eût attendu, à tel instant précis qu'il ignorait, une intervention miraculeuse. Surmené par des efforts trop grands et mal ordonnés, épuisé par l'épouvante d'une mort affreuse, il se courbait peu à peu sous le poids d'une fatigue qui torturait son corps et lui détraquait le cerveau. Il avait peur. Il redoutait les pièges du sable. Il redoutait la nuit menaçante, et la tempête, et la faim surtout, car toutes ses provisions étaient restées dans l'abîme du sol mouvant.

Quelle souffrance! Vingt fois, il fut sur le point de s'étendre et d'abandonner la lutte. Seule le soutenait la pensée d'Isabel, et il marchait... il marchait...

Et voilà, tout à coup, qu'une vision stupéfiante l'immobilisa. Etait-ce possible ? Il hésitait à croire, tellement la réalité lui semblait incroyable. Mais comment mettre en doute le témoignage de ses yeux qui voyaient ?

Il se pencha. Oui, c'était bien cela, des traces de

pas ! Des traces de pas marquaient le sol ! Les traces de deux pieds nus, très nettes, et qui paraissaient toutes récentes...

Et aussitôt sa stupeur fit place à une grande joie, provoquée par la notion subite et claire de la vérité la plus incontestable : la terre nouvelle s'accrochait bien, comme il l'avait supposé, à un point quelconque du nord de la France, et, de ce point, qui ne devait pas être fort éloigné, étant donné la distance qu'il avait parcourue lui-même, de ce point, l'un de ses semblables était venu...

Tout heureux de sentir autour de lui de la vie humaine, il se souvint de l'épisode où Robinson Crusoé avise l'empreinte d'un pied nu sur le sable de son île déserte.

« C'est l'empreinte de Vendredi, se dit-il en riant. Sur ma terre à moi, il y a aussi un Vendredi. Cherchons-le. »

A l'endroit où il l'avait croisée, la piste bifurquait à gauche et s'approchait de la mer. Simon s'étonnait de n'avoir rencontré personne ni discerné la moindre silhouette, lorsqu'il constata que l'inconnu, après avoir piétiné autour d'une épave informe, avait rebroussé chemin, et marchait par conséquent dans la même direction que lui.

Au bout de vingt minutes, la piste, coupée par une rigole transversale, lui échappait. L'ayant retrouvée, il côtoya à sa suite la base d'une chaîne de dunes assez hautes qui cessaient brusquement en une sorte de falaise abrupte.

Au détour de cette falaise, Simon eut un mouvement de recul. Par terre, à plat ventre, les bras en croix, gisait le cadavre d'un homme étrangement vêtu d'une veste courte, en cuir fauve, et d'un pantalon, de cuir également, dont la partie inférieure, évasée, était fendue à la mode mexicaine. Au milieu du dos, entre les deux omoplates, surgissait le manche d'un poignard planté de haut en bas.

Ce qui étonna Simon quand il eut retourné le cadavre, ce fut d'apercevoir une face couleur de brique, aux pommettes saillantes, aux longs cheveux noirs... à n'en pas douter, une face de Peau-Rouge. Du sang coulait de la bouche, que déformait un affreux rictus. Les yeux étaient grands ouverts et tout blancs, sans prunelles visibles. Les doigts, crispés, pénétraient dans le sol comme des griffes de bête. La chair était tiède encore.

« Il n'y a pas une heure qu'il a été tué », se dit Simon, dont la main frissonnait.

Et il ajouta :

« Mais comment diable cet individu se trouvait-il là ? Par quel hasard inouï est-ce un Peau-Rouge que je rencontre dans ce désert ? »

Les poches ne contenaient aucun papier qui pût le renseigner. Mais, auprès du mort, dans l'espace même où la lutte avait eu lieu, aboutissaient d'autres traces de pas, des traces doubles laissées par les semelles en caoutchouc quadrillé d'un homme qui était venu et qui était reparti. Et, à dix mètres de distance, Simon ramassa une pièce d'or de cent francs, à l'effigie de Napoléon Ier et portant la date de 1807.

Il suivit cette double piste, qui le conduisit au bord de la mer. Là, une barque avait atterri. Il était facile, dès lors, de reconstituer le drame. Deux hommes, qui avaient débarqué sur le nouveau rivage, étaient partis à la découverte, chacun de son côté.

L'un d'eux, un Indien, avait trouvé au fond d'une épave une certaine quantité de pièces d'or, peut-être enfermées dans quelque coffret. L'autre, pour s'approprier ce trésor, avait assassiné son compagnon et s'était rembarqué.

Ainsi, sur la terre vierge, Simon se heurtait, première annonce de la vie, au crime, au guet-apens, à la cupidité qui arme la main et qui frappe, à la bête humaine. Un homme trouve de l'or. Un de ses semblables l'attaque et le tue.

Sans plus s'attarder, Simon reprit sa course avec la certitude que ces deux hommes, plus hardis, sans doute, ne faisaient que précéder d'autres hommes qui venaient du continent. Et il avait hâte de les voir, ceux-là, de les interroger sur le lieu d'où ils étaient partis, sur l'étape qu'ils avaient franchie, et sur tant de choses mystérieuses !

La pensée de cette rencontre l'emplissait d'un tel bonheur qu'il résistait au besoin de repos. Et cependant quel supplice que cet effort pour ainsi dire ininterrompu ! Depuis Dieppe, seize heures de marche... Dix-huit heures depuis l'instant où le grand cataclysme l'avait jeté hors de chez lui ! En temps ordinaire, la tentative n'eût pas été disproportionnée à ses moyens. Mais dans quelles conditions déplorables l'avait-il accomplie !

Il marchait. Il marchait. Se reposer ? Et si les autres, partis de Dieppe derrière lui, réussissaient à le rejoindre ?

Le spectacle ne variait pas. Des épaves jalonnaient sa route comme des tombes. De la brume planait toujours au-dessus de l'interminable cimetière.

Au bout d'une heure, il dut s'arrêter. La mer lui barrait le passage.

La mer en face de lui ! Il eut une déception, mêlée de colère. Etait-ce donc le terme de sa course, et tous ces bouleversements de la nature aboutissaient-ils simplement à la création d'une presqu'île coupée là sans motif.

Mais, en regardant, du haut de la berge, les flots qui roulaient leur écume jusqu'à ses pieds, il discerna, à quelque distance, une masse plus sombre qui, peu à peu, se dégagea du brouillard, il ne douta point que ce ne fût, au-delà d'une dépression recouverte d'eau, une reprise de la terre nouvelle.

« Allons-y », se dit Simon.

Il enleva ses vêtements, les réunit en un paquet qu'il enroula autour de son cou et se mit à l'eau. Pour lui, la traversée de ce bras de mer n'était qu'un jeu. Il atterrit et, dès qu'il se fut séché, se rhabilla. Une pente très douce le conduisit, cinq cents mètres plus loin, sur un récif que dominaient de véritables collines de sable, mais d'un sable assez résistant pour qu'il n'hésitât pas à s'y engager. Il monta donc et il parvint au faîte de la plus haute de ces collines.

Et c'est là, c'est là, à cet endroit — où, depuis, l'on a dressé une colonne de granit sur laquelle sont inscrits en lettres d'or deux noms et une date —, c'est là, le 4 juin, à six heures dix du soir, au-dessus d'une vaste arène que les dunes encerclaient comme les gradins d'un cirque, c'est là que Simon Dubosc aperçut, enfin, montant à sa rencontre, un homme.

Il ne bougea pas, d'abord, tellement son émotion était forte. L'homme avançait lentement, comme un promeneur qui examine les alentours et se rend compte de son chemin. Ayant levé la tête, il eut un mouvement de surprise en voyant Simon, et il agita sa casquette.

Alors, Simon s'élança vers lui, les deux bras tendus, avec un désir immense de le serrer contre sa poitrine.

A distance, l'inconnu lui parut jeune. Il avait des vêtements de pêcheur, une blouse et un pantalon d'étoffe marron, les pieds nus, la taille haute et les épaules larges. Simon lui cria :

« J'arrive de Dieppe... Et vous, quelle ville ? Il y a longtemps que vous êtes en route ? Etes-vous seul ? »

Il vit que le matelot souriait et que son visage rasé, couleur de tabac, était heureux et franc.

Ils arrivèrent l'un près de l'autre, leurs mains s'étreignirent, et Simon répéta :

« Je suis parti de Dieppe à une heure du matin. Et vous ? De quel port ? »

L'homme se mit à rire et répondit des mots que Simon ne comprit pas. Il ne les comprit pas, mais il reconnut bien la langue, mêlée de patois populaire, dans laquelle ils avaient été prononcés, et il pensa que c'était quelque pêcheur anglais embauché à Calais ou à Dunkerque.

Il lui dit, en appuyant sur les syllabes, et le doigt dirigé vers l'horizon :

« Calais ? Dunkerque ? »

L'autre répéta ces deux noms tant bien que mal — comme s'il se fût efforcé d'en saisir le sens. A la fin, son visage s'éclaira, et, de la tête, il fit signe que non.

Puis, se retournant, et désignant un point dans la direction qu'il avait suivie, il articula deux fois :

« *Hastings... Hastings...* »

Simon tressaillit. Mais l'extraordinaire vérité ne lui apparut pas sur-le-champ, quoi qu'il se sentît effleuré par elle et qu'il en fût tout interdit. Sans doute, le matelot désignait la ville de Hastings comme son lieu d'origine ou comme sa demeure habituelle. Mais d'où venait-il en ce moment ?

Il insinua :

« Boulogne ? Vimereux ?

— *No... no...* reprit l'étranger. *Hastings... England...* »

Et son bras demeurait obstinément braqué vers le même point de l'horizon, tandis qu'il reprenait avec obstination :

« *England... England...*

— Quoi ! Qu'est-ce que vous dites ? » s'écria Simon. Avec une violence inouïe, il empoigna l'homme par les deux épaules.

« Qu'est-ce que vous dites ? C'est l'Angleterre qui est là derrière vous ? Vous arrivez d'Angleterre ? Non, non, n'est-ce pas ? Ce n'est pas vrai ? »

Le matelot frappa du pied le sol :

« *England* », répéta-t-il, marquant ainsi que ce sol qu'il avait foulé conduisait bien en Angleterre.

Simon était bouleversé. Il tira sa montre et, de l'index, fit plusieurs fois le tour du cadran.

« A quelle heure êtes-vous parti ? Combien d'heures de marche ?

— *Three...* répondit l'Anglais, en ouvrant les doigts...

— Trois heures... murmura Simon... nous sommes à trois heures des côtes anglaises... »

Cette fois, la vérité entière, la vérité gigantesque s'imposait à lui. En même temps, il discernait les raisons de son erreur. Comme les côtes françaises, dès l'embouchure de la Somme, se redressent en une ligne exactement verticale, il était inévitable que, en suivant une direction parallèle aux côtes françaises, il aboutît aux côtes anglaises, à Folkestone, à Douvres, ou bien, pour peu que cette direction s'infléchit vers la gauche, à Hastings. Or, de cela, il ne s'était pas rendu compte. Ayant eu la preuve, à trois reprises, que la France était à sa droite, et non derrière lui, il avait marché dans un esprit dominé par la certitude d'une France toute proche dont la rive allait, d'un moment à l'autre, surgir de la brume.

Et c'était la rive anglaise ! Et celui qui surgissait était un homme d'Angleterre !

Quel miracle ! Avec quelle palpitation de tout son être il le tenait dans ses bras, cet homme, et contemplait son visage ami ! Il avait l'intuition exaltante de tout ce que comportait d'exceptionnel dans le présent et dans l'avenir le formidable événement qui s'était accompli depuis quelques heures, et, de cet événement, sa rencontre avec l'homme d'Angleterre était le symbole même.

Et le matelot, lui aussi, sentait la grandeur incomparable de la minute qui les unissait. Son calme sourire s'imprégnait de gravité. Il hochait la tête en silence. Et tous deux, l'un en face de l'autre, les yeux dans les yeux, ils se regardaient avec cette tendresse particulière des êtres qui ne se sont jamais quittés, qui ont lutté ensemble, et reçoivent ensemble la récompense de leurs actions communes.

L'Anglais écrivit son nom sur une feuille de papier : William Brown. Et Simon lui dit, dans un de ces élans d'enthousiasme auxquels sa nature s'abandonnait aisément :

« William Brown, nous ne parlons pas la même langue, tu ne me comprends pas, et je te comprends mal, et cependant, nous sommes liés l'un à l'autre plus que ne le seraient deux frères qui s'aiment. Notre étreinte a une valeur que nous ne pouvons pas encore imaginer. Nous représentons, toi et moi, les deux plus grands et les plus nobles pays du monde, et ce sont eux qui se confondent en nous. »

Il pleurait. L'Anglais souriait toujours avec des yeux mouillés de larmes. Ils s'embrassèrent longuement. L'émotion, l'excès de fatigue, la violence des sensations éprouvées par Simon au cours de cette journée, provoquaient en lui une sorte d'ivresse où il puisa des ressources imprévues .

« Viens, dit-il au matelot, en l'entraînant... Viens... montre-moi la route. »

Il ne voulut pas que William Brown le soutînt aux endroits difficiles, tellement il tenait à mener jusqu'au bout, et par ses seuls moyens, la glorieuse et splendide entreprise.

Cette dernière étape dura plus de trois heures.

Ils croisèrent presque aussitôt trois Anglais à qui William Brown adressa quelques mots, et qui, tout en continuant leur chemin, poussèrent des exclamations de surprise. Puis, deux autres s'arrêtèrent auxquels William Brown donna des explications. Ceux-là revinrent sur leurs pas avec eux, et tous les quatre s'étant rapprochés de la mer, ils furent attirés par une voix qui appelait.

Simon courut et arriva le premier près d'une femme étendue sur le sable, et que les flots venaient baigner de leur écume.

Elle était liée par des cordes qui entravaient ses jambes, immobilisaient ses bras le long de son corps, plaquaient sur sa poitrine la soie mouillée de sa blouse et meurtrissaient la chair nue de ses épaules. Les cheveux noirs, assez courts, serrés sur le front par une chaînette d'or, encadraient une figure éclatante, aux lèvres de fleur rouge, à la peau brune et chaude, teintée de soleil, dont un artiste comme Simon fut ébloui et qui lui rappela certains types de femmes rencontrées en Espagne ou dans l'Amérique du Sud. Vivement, il coupa ses liens, puis, comme ses compagnons approchaient, avant qu'il eût pu l'interroger, il défit sa veste et en couvrit les épaules admirables.

Elle eut un regard reconnaissant, comme si ce mouvement de délicatesse eût été pour elle l'hommage le plus précieux.

« Je vous remercie, je vous remercie, murmura-t-elle... Vous êtes Français, n'est-ce pas ? »

Mais des groupes arrivaient en hâte, suivis par une bande plus nombreuse. William raconta l'aventure de Simon, et il fut séparé de la jeune femme sans en savoir davantage sur elle. On se pressait autour de lui. On lui posait certaines questions. A chaque instant, de nouvelles bandes se mêlaient au cortège qui l'entraînait.

Tous ces gens parurent à Simon surexcités et d'allure bizarre. Il apprit, en effet, que le tremblement de terre avait dévasté la côte anglaise. Hastings, comme Dieppe, centre de secousses sismiques, était en partie détruit...

Vers huit heures, ils arrivèrent au bord d'une dépression profonde qui se creusait sur une largeur d'au moins un kilomètre. Remplie d'eau jusqu'au milieu de l'après-midi, cette dépression, par un hasard heureux pour Simon, avait retardé la course de ceux qui fuyaient Hastings et qui s'étaient risqués sur la terre nouvelle.

Quelques minutes après, les brumes étant moins épaisses, Simon distingua l'interminable ligne de maisons et d'hôtels qui bordent les plages de Hastings et de Saint-Léonard. A ce moment, trois ou quatre cents personnes l'escortaient et beaucoup d'autres, chassées sans doute de leurs demeures, erraient de tous côtés avec un air d'hébétement.

La foule devint si dense autour de lui qu'il ne vit bientôt plus dans l'ombre lourde du crépuscule que des têtes et des épaules pressées. Il répondait comme il pouvait aux mille questions qui lui étaient posées, et ses réponses colportées de bouche en bouche provoquaient des clameurs d'étonnement et d'admiration.

Peu à peu des clartés s'allumèrent aux fenêtres de Hastings. Simon, épuisé mais indomptable, marchait rapidement, soutenu par une force nerveuse qui semblait renaître d'elle-même à mesure qu'il la dépensait. Et soudain, il se mit à rire en pensant — et c'était certes l'idée la plus surexcitante et la plus propre à lui donner un dernier coup de fouet, — en pensant que lui, Simon Dubosc, Normand de vieille race, il abordait l'Angleterre au point même où Guillaume le Conquérant, duc de Normandie, avait débarqué au XIe siècle ! Hastings ! le roi Harold et sa bien-aimée Edith au cou de cygne ! La belle aventure de jadis ressuscitait. Pour la deuxième fois, l'île vierge était conquise, et conquise par un Normand !

« Lord Bakefield, se dit-il, je crois que le destin me favorise ! »

La terre nouvelle s'amorçait entre Hastings et Saint-Léonard, coupée de vallonnements et de fissures, hérissée de rocs et de morceaux de falaises, au milieu desquels se dressaient, dans un fouillis indescriptible, les débris des jetées démolies, des phares abattus et des navires soulevés et brisés. Mais Simon ne vit rien de tout cela. Ses yeux las ne discernaient plus les choses qu'à travers un brouillard.

On arriva. Que se passa-t-il alors ? Il eut vaguement conscience qu'on le menait, par des rues défoncées et entre des monceaux de décombres, jusqu'à une salle de casino étrange, délabrée, au plafond troué, et cependant toute radieuse de lumière électrique.

Là, les autorités de la ville s'étaient rassemblées pour le recevoir. On but du champagne. Des hymnes de joie furent chantés avec une ferveur religieuse. Spectacle émouvant, et qui prouvait la maîtrise d'un peuple que cette fête improvisée dans une ville en ruine ! Mais chacun avait l'impression que quelque chose de très grand venait de s'accomplir, quelque chose de si grand que cela dépassait l'horreur des catastrophes et des deuils : la France et l'Angleterre étaient réunies !

La France et l'Angleterre étaient réunies, et le premier homme qui avait marché de l'une à l'autre par la route surgie des profondeurs mêmes du vieux canal qui les divisait naguère, cet homme était là. Comment ne pas le célébrer ? Il apportait dans son élan magnifique la vie et l'ardeur inépuisable de la France. Il était le héros et l'annonciateur du plus mystérieux avenir.

Une immense acclamation monta vers l'estrade où il se tenait. La foule arriva jusqu'à lui. On lui prit les mains. On l'embrassa. On le supplia de dire des paroles qui seraient entendues de tous et devinées par tous. Et Simon, courbé sur ces gens dont le délire se mêlait à son exaltation, balbutia quelques mots à la gloire des deux peuples.

L'enthousiasme se déchaîna avec une telle violence que Simon fut bousculé, emporté, lancé dans la foule, et perdu parmi ceux-là mêmes qui le cherchaient. Il n'avait plus d'autre idée que d'entrer dans le premier hôtel venu et de se jeter sur un lit. Une main saisit la sienne, et une voix lui dit :

« Suivez-moi, je vais vous conduire. »

Il reconnut la jeune femme qu'il avait délivrée de

ses liens. Elle aussi avait une figure transformée par l'émotion :

« C'est beau, ce que vous avez fait, dit-elle... Je ne pense pas qu'aucun autre homme eût pu faire cela... Vous êtes au-dessus de tous les hommes... »

Un remous les sépara brutalement l'un de l'autre, bien que la main de l'étrangère se cramponnât à la sienne. Il tomba parmi les chaises renversées, se releva, et enfin, à bout de forces, il approchait d'une sortie, quand soudain il se redressa. Ses jambes retrouvèrent une vigueur nouvelle. Lord Bakefield et Isabel se trouvaient en face de lui.

Vivement Isabel lui tendit la main.

« Nous étions là, Simon. Nous avons vu. Je suis fière de vous, Simon. »

Il était confondu de surprise.

« Isabel ! est-il possible que ce soit vous ? »

Elle sourit, heureuse de le voir troublé devant elle :

« Très possible, Simon, et même tout naturel, puisque nous habitons à Battle, à un mille d'ici. La catastrophe a épargné le château, mais nous sommes venus à Hastings au secours des malheureux, et c'est ainsi que nous avons appris votre arrivée... votre triomphe, Simon. »

Lord Bakefield ne bougeait pas. Il affectait de regarder d'un autre côté. Simon lui dit :

« Puis-je croire, Lord Bakefield, que vous considérez cette journée comme une première étape vers le but que je poursuis ? »

Le vieux gentleman, tout raidi d'orgueil et de rancune, ne répliqua point.

« Evidemment, reprit Simon, je n'ai pas conquis l'Angleterre. Mais, tout de même, il y a là un enchaînement de circonstances favorables pour moi qui me permettent tout au moins de vous demander si la première des conditions posées par vous se trouve réalisée. »

Cette fois, Lord Bakefield parut se décider. Mais, au moment où il allait répondre — et son visage n'indiquait pas beaucoup de bienveillance, — Isabel s'interposa :

« Ne questionnez pas mon père, Simon, il apprécie à sa juste valeur l'admirable chose que vous avez accomplie. Mais nous l'avons offensé trop gravement, vous et moi, pour qu'il puisse vous pardonner encore. Laissons le temps effacer ce mauvais souvenir.

— Le temps... le temps... dit Simon en riant. C'est que je n'ai plus qu'une douzaine de jours pour triompher de toutes les épreuves imposées. Après la conquête de l'Angleterre, j'ai à conquérir les lauriers d'Hercule ou de Don Quichotte.

— Eh bien, dit-elle, dépêchez-vous d'aller vous mettre au lit. C'est ce que vous avez de mieux à faire pour le moment... »

Et elle entraîna Lord Bakefield.

VII

ŒIL-DE-LYNX

« QU'EN dis-tu, mon garçon ? L'avais-je annoncé, l'événement ? Lis ma brochure sur *La Manche en l'an* 2000, et tu verras. Et puis, rappelle-toi, l'autre matin, à la gare maritime de Newhaven, hein, tout ce que je t'ai prédit ?... Et voilà, les deux pays sont soudés l'un à l'autre comme autrefois à l'époque éocène. »

Réveillé en sursaut par le père Calcaire, Simon, les yeux gros de sommeil, regardait sans trop comprendre, la chambre d'hôtel où il avait dormi, son vieux professeur qui s'y promenait, et un autre individu assis dans l'ombre et qui devait être un ami du père Calcaire.

« Ah ! çà, mais, murmura Simon, quelle heure est-il donc ?

— Sept heures du soir, mon petit.

— Hein, quoi ? Sept heures ! Depuis la réunion d'hier soir au casino, je dors ?

— Et comment ! Moi, je vagabondais aux environs, ce matin, quand j'ai appris ton aventure. Simon Dubosc ? Mais je connais ça. J'accours. Je frappe. J'entre. Rien ne te réveille. Je m'en vais, je reviens, et ainsi de suite jusqu'à ce que je prenne le parti de m'installer à ton chevet et d'attendre. »

Simon sauta du lit. Des vêtements neufs et du linge avaient été déposés dans la salle de bain, et il aperçut, accroché au mur, son veston, celui-là même dont la veille, il avait recouvert les épaules nues de la jeune femme délivrée par lui.

« Qui est-ce qui m'a apporté cela ? dit-il.

— Quoi, cela ? » fit le père Calcaire.

Simon se tourna vers lui :

« Dites donc, mon vieux maître, tandis que vous étiez ici, personne n'a pénétré dans cette chambre ?

— Si, des tas de gens. On entrait comme on voulait... des admirateurs... des curieux...

— Est-il entré une femme ?

— Ma foi... je n'ai pas remarqué... Pourquoi ?...

— Pourquoi ? répondit Simon précisant, c'est

que, plusieurs fois, cette nuit, pendant mon sommeil, j'ai eu l'impression qu'une femme s'approchait et se penchait sur moi... »

Le père Calcaire haussa les épaules.

« Tu as rêvé, mon petit. Quand on est très las, on a comme des cauchemars.

— Mais cela n'avait rien du cauchemar, dit Simon en riant.

— Billevesées, en tout cas ! s'écria le père Calcaire. Est-ce que ça compte ? Il n'y a qu'une chose qui compte, c'est cette brusque soudure... Hein ! Est-ce assez formidable ! Qu'en dis-tu ? C'est plus qu'un pont jeté d'une rive à l'autre. C'est plus qu'un tunnel. C'est un lien de chair et d'os... une jonction définitive... Un isthme, quoi ! l'isthme de Normandie comme on l'appelle déjà. »

Simon plaisanta :

« Oh ! un isthme... une digue, tout au plus.

— Qu'est-ce que tu chantes ? s'écria le père Calcaire. Tu ne sais donc pas ce qui s'est produit cette nuit ? Eh, non parbleu, il ne sait rien !... il dormait !... Alors tu ne t'es pas aperçu que la terre frémissait encore... très peu... mais tout de même... Non ? tu ne t'es pas réveillé ? En ce cas, mon garçon, apprends cette chose incroyable qui dépasse les prévisions. Il ne s'agit plus de la bande de terre que tu as franchie de Dieppe à Hastings... Cela, c'était le coup d'essai, une toute petite amorce du phénomène. Mais depuis... oh ! depuis, mon garçon... Tu écoutes, n'est-ce pas ? Eh bien, voilà... en France, de Fécamp jusqu'au cap Gris-Nez... en Angleterre, depuis l'ouest de Brighton jusqu'à Folkestone, tout ça, mon petit, ne forme plus qu'un bloc. Hein ! comme soudure, ça existe... vingt-cinq à trente lieues de large. Un morceau de terre au soleil qui vaut bien deux beaux départements de France et deux beaux comtés d'Angleterre. La nature a bien travaillé en quelques heures ! Qu'en dis-tu ? »

Simon l'écoutait avec stupeur.

« Est-ce possible ? Vous êtes sûr ? Mais alors cela devient une cause de désastres qui n'ont plus de nom. Réfléchissez... toutes les villes du littoral sont perdues... et le commerce, la navigation. »

Et Simon, qui pensait à son père et aux bateaux enfermés dans le port de Dieppe, répéta :

« Vous êtes bien sûr ?

— Parbleu ! affirma le père Calcaire à qui toutes ces considérations étaient parfaitement indifférentes, parbleu ! cent télégrammes attestent la nouvelle, expédiés de tous les points. Et puis, lis les journaux du soir... ah ! je te jure que c'est une sacrée révolution ! Le tremblement de terre ? les victimes ? A peine si on en parle... Ton raid franco-anglais ? Une vieille histoire ! Non, il n'y a qu'une chose qui compte de ce côté de la Manche : l'Angleterre n'est plus une île, elle fait partie du continent européen, elle est rivée à la France ! »

Simon prononça :

« C'est là un des plus grands faits de l'histoire.

— Le plus grand, mon garçon. Depuis que le monde est monde, et que des hommes se sont groupés en nations, aucun phénomène physique n'a eu plus d'importance que celui-là. Et dire que j'ai tout prédit, les effets et les causes, ces causes que moi seul peux connaître.

— Et quelles sont-elles ? demanda Simon. Comment se peut-il qu'un passage se soit offert à moi ! Comment se peut-il... »

Le père Calcaire l'arrêta d'un geste qui rappelait à Simon la manière dont son vieux professeur entamait jadis ses explications, et le bonhomme, prenant un porte-plume et une feuille de papier, commença :

« Sais-tu ce que c'est qu'une faille ? Non, n'est-ce pas ? Et un horst ? Pas davantage. Ah ! une leçon de géographie au collège de Dieppe, autant d'heures perdues ! Eh bien, ouvre les oreilles, élève Dubosc. Je serai bref et sommaire. L'écorce terrestre — c'est-à-dire la croûte qui entoure la boule de feu intérieure d'éléments solidifiés, roches éruptives ou roches sédimentaires — est compsée, dans son ensemble, de couches superposées à la façon des pages d'un livre. Imagine que des forces quelconques, agissant latéralement, compriment ces couches, il y aura des plissements, parfois même des cassures, dont les deux parois, glissant l'une contre l'autre, s'abaisseront ou s'élèveront. On appelle failles les cassures qui traversent l'écorce terrestre et séparent deux massifs dont l'un a glissé sur le plan de fracture.

« La faille présente donc un bord, une lèvre inférieure produite par l'affaissement du terrain et une lèvre supérieure produite par un exhaussement. Or, il peut arriver que tout à coup, après des milliers et des milliers d'années, cette lèvre supérieure, sous l'action de forces tangentielles irrésistibles, se soulève, jaillisse, et forme des rejets parfois considérables auxquels on a donné le nom de horst. C'est ce qui vient d'avoir lieu.

« Il existe en France, marquée sur les cartes géologiques, une faille dite de Rouen qui est une importante dislocation du bassin de Paris. Parallèle aux plissements du sol qui, dans cette région, ont affecté les terrains crétacés et tertiaires du Nord-Est au Nord-Ouest, elle se dirige sur une longueur de cent vingt kilomètres, de Versailles au-delà de Rouen. A Maromme, on la perd. Mais, moi, Simon, je l'ai retrouvée dans des carrières au-dessus de Longueville, et je l'ai retrouvée non loin de Dieppe. Et enfin je l'ai retrouvée, sais-tu où ? En Angleterre, à Eastbourne, entre Hastings et Newhaven ! Même composition, même disposition. Aucune erreur possible. Elle allait de France en Angleterre ! Elle passait sous la Manche !

« Ah ! ce que je l'ai étudiée, ma faille, la faille du père Calcaire, comme je l'appelais ! Comme je l'ai auscultée, déchiffrée, interrogée, analysée ! Et voilà que, soudain — c'était en 1912, — des secousses sismiques ébranlent les plateaux de la Seine-Inférieure et de la Somme et agitent, de manière anormale — j'en ai la preuve — les flots de la mer ! Des secousses en Normandie ! Dans la Somme ! En pleine mer ! Saisis-tu l'étrangeté d'un tel phénomène, et combien, d'autre part, il prend une valeur significative par le seul fait qu'il a lieu le long d'une faille ? Ne pouvait-on supposer que, le long de cette faille, il se produisait des poussées, que des forces captives cherchaient à s'échapper au travers de l'écorce terrestre et s'attaquaient aux points de moindre résistance qui, précisément, s'échelonnent sur le parcours des failles ?

« Hypothèse invraisemblable ? Soit, mais digne en tout cas d'être contrôlée. C'est ce que je fis. J'effectuai des plongées en vue des côtes françaises. A la quatrième, au Ridin de Dieppe dont la profondeur n'est que de vingt mètres, je découvris les traces d'une éruption dans le double massif d'une faille dont tous les éléments étaient identiques à ceux de la faille anglo-normande.

« J'étais fixé. Il n'y avait plus qu'à attendre... cent ou deux cents ans... ou bien quelques heures... Mais, pour moi, il était de toute évidence qu'un jour ou l'autre l'obstacle fragile opposé aux énergies intérieures céderait, et que s'accomplirait le grand bouleversement. Il s'est accompli. »

Simon écoutait avec un intérêt croissant. Le père Calcaire illustrait son discours de dessins exécutés à gros traits de plume et barbouillés de pâtés d'encre que sa manchette et ses doigts étalaient complaisamment sur le papier. Des gouttes de sueur s'y mêlaient aussi, tombées de son front, car le père Calcaire transpirait toujours abondamment.

Il répéta :

« Il s'est accompli, avec un cortège de phénomènes précurseurs et concomitants, éruptions sous-marines, tourbillons, barques et vaisseaux lancés en l'air et aspirés par la plus effroyables succion; et puis ébranlements sismiques plus ou moins accentués, cyclones, trombes, tout le diable et son train; et puis le cataclysme d'un tremblement de terre. Et aussitôt après, en même temps, le jaillissement d'une des lèvres de la faille, émergeant d'une rive à l'autre, sur une largeur de vingt-cinq ou trente lieues. Et puis, par là-dessus, toi, Simon Dubosc, enjambant le détroit et passant. Et dans toute cette histoire, mon petit, ce n'est peut-être pas là ce qui fut le moins extraordinaire. »

Simon garda le silence assez longtemps. Puis il dit :

« Soit, vous expliquez l'apparition de l'étroite bande de terre que j'ai suivie et dont mes yeux n'ont pour ainsi dire pas cessé de mesurer la largeur. Mais comment justifier l'apparition de cette immense région qui maintenant comble le Pas-de-Calais et une partie de la Manche ?

— Peut-être la faille anglo-normande avait-elle des ramifications dans les massifs qui furent affectés.

— Je vous répète que je n'ai vu qu'une bande étroite.

— C'est-à-dire que tu n'as vu et parcouru que les sommets les plus hauts de la région soulevée, sommets formant une ligne de crêtes. Mais la région était soulevée tout entière, et tu as dû remarquer que les vagues, au lieu de s'abattre, roulaient sur des kilomètres de grève.

— En effet. Mais néanmoins la mer était là, et elle n'y est plus.

— Elle n'y est plus parce qu'elle s'est retirée. Les phénomènes de cette envergure retentissent en dehors de leur champ d'action immédiat, et déterminent d'autres phénomènes qui, à leur tour, agissent sur les premiers. Et si une pareille dislocation du plancher sur lequel reposait la Manche a exhaussé telle partie, elle a fort bien pu, en telle autre partie sous-marine, provoquer des effondrements et des ruptures par où l'eau s'est enfuie à travers l'écorce. Note bien qu'il a suffi d'une diminution de niveau de deux ou trois mètres pour que ces kilomètres de grèves à peine recouvertes fussent définitivement mis à sec.

— Supposition, mon cher maître.

— Eh bien, non, s'écria le père Calcaire en frappant la table du poing, non ! A ce propos aussi, j'ai des données certaines, et toutes mes preuves, je les exposerai en temps utile, ce qui ne tardera pas. »

Il tira de sa poche le fameux portefeuille à serrure dont Simon avait aperçu naguère à Newhaven le maroquin gras et décoloré, et il déclara :

« La vérité sortira d'ici, mon garçon, de ce portefeuille où les notes s'accumulent, quatre cent quinze notes auxquelles il faudra bien recourir. Car, maintenant que le phénomène est accompli, et que toutes ses causes mystérieuses en sont bouleversées, on ne saura jamais rien en dehors de ce que, moi, j'ai observé sur le vif. On supposera. On déduira. Mais *on ne verra pas.* Moi, j'ai vu. »

Simon, qui ne l'écoutait plus que d'une oreille distraite, l'interrompit :

« En attendant, mon cher maître, j'ai faim, voulez-vous dîner ?

— Merci. Je prends le train pour Douvres afin de traverser, cette nuit. Il paraît que les paquebots Douvres-Calais ont repris leur service, et j'ai hâte de publier un mémoire et de prendre position. »

Il regarda sa montre.

« Fichtre, il est plus que temps... Pourvu que je ne manque pas mon train ! A bientôt, mon garçon. »

Il s'en alla.

L'autre personnage assis dans l'ombre n'avait pas bougé durant cette conversation et, au grand étonnement de Simon, il ne bougea pas davantage après le départ du père Calcaire. Simon, ayant allumé l'électricité, fut stupéfait de se trouver en face d'un personnage semblable, en tous points, à celui dont il avait vu le cadavre, la veille, près de l'épave. Même figure couleur de brique, mêmes pommettes ressorties, mêmes cheveux à demi longs, même accoutrement de cuir fauve. Cet homme-là cependant était beaucoup plus jeune, noble d'attitude et beau de visage.

« Un vrai chef indien, se dit Simon, et qu'il me

semble bien avoir vu quelque part... Oui, vraiment, je l'ai vu. Mais où ? à quelle époque ? »

L'inconnu gardait le silence. Il lui demanda : « Voudriez-vous me dire ce qui me vaut ?... »

L'autre s'était levé. Il alla vers le guéridon sur lequel Simon avait vidé ses poches, prit la pièce d'or à l'effigie de Napoléon Ier, trouvée la veille, et prononça en un français très pur, mais d'une voix dont le timbre guttural s'accordait avec l'aspect du personnage : « Vous avez ramassé cette pièce hier, sur votre parcours, non loin d'un cadavre, n'est-ce pas ? »

La supposition était si juste et si imprévue que Simon ne pouvait que la confirmer :

« En effet... non loin d'un homme qui venait de mourir d'un coup de couteau.

— Peut-être avez-vous pu relever les pas de l'assassin ?

— Oui.

— C'étaient des empreintes de souliers de bains de mer ou de tennis, à dessous de caoutchouc quadrillé ?

— Oui, oui, dit Simon, de plus en plus interloqué. Mais comment savez-vous cela ?

— Monsieur, continua, sans répondre à la question, celui que Simon appelait en lui-même l'Indien, hier un de mes amis, du nom de Badiarinos, et sa nièce Dolorès, voulant explorer la nouvelle terre, après les convulsions du matin, découvrirent dans le port, au milieu des décombres, un étroit chenal qui communiquait avec la mer encore libre à ce moment. Un homme montait dans une barque. Il offrit à mon ami et à sa nièce de les emmener. Ayant ramé pendant longtemps, ils aperçurent plusieurs grandes épaves, et ils atterrirent. Badiarinos laissa sa nièce dans la barque et s'en alla d'un côté. Tandis que leur compagnon suivait une autre direction. Une heure plus tard, celui-ci revenait seul, portant une cassette fracturée d'où s'échappaient des pièces d'or. Comme il avait du sang à l'une de ses manches, Dolorès s'effraya et voulut descendre. Il se précipita sur elle et, malgré la résistance désespérée qu'elle lui opposa, réussit à l'attacher. Il reprit les rames et s'en retourna le long du nouveau rivage. En cours de route, il résolut de se débarrasser d'elle et la jeta par-dessus bord. Elle eut la chance de rouler sur un banc de sable qui, quelques minutes après, fut à découvert et bientôt relié à la terre ferme. Tout de même, elle y fût morte, si vous ne l'aviez pas délivrée.

— Oui, murmura Simon, une Espagnole, n'est-ce pas ? très belle... Je l'ai revue au casino.

— Toute la soirée, continua l'Indien, de son même débit imperturbable, nous avons cherché l'assassin, à la réunion du Casino, dans les bars, dans les tavernes, partout. Ce matin, nous avons recommencé... et je suis venu ici, désirant, en outre, vous rapporter le vêtement que vous aviez prêté à la nièce de mon ami.

— C'est donc vous ?...

— Or, en arrivant au couloir sur lequel donne votre chambre, j'entendis des gémissements et j'avisai un peu plus loin — le couloir est très obscur —, un homme qui se traînait à terre, blessé. Avec l'aide d'un domestique, je le transportai dans une des pièces qui servent d'infirmerie, et je pus voir qu'il avait été frappé d'un coup de couteau entre les épaules... comme mon ami ! Avais-je retrouvé la piste du meurtrier ? L'enquête était difficile dans cet immense hôtel, encombré d'une cohue indescriptible de gens qui sont venus s'y réfugier. Enfin, je pus établir qu'un peu avant neuf heures, une femme de chambre venue du dehors, une lettre à la main, avait demandé au portier : « M. Simon Dubosc ? » Le portier avait répondu : « Au deuxième étage, numéro 44. »

— Mais cette lettre, je ne l'ai pas reçue, observa Simon.

— Le portier, par bonheur pour vous, se trompa de numéro. Vous êtes au 43.

— Et qu'est-elle devenue ? Qui me l'envoyait ?

— Voici un morceau de l'enveloppe que j'ai recueilli, répliqua l'Indien, et où se distingue encore un cachet aux armes de Lord Bakefield. J'ai donc couru au château Battle.

— Et vous avez vu...

— Lord Bakefield, sa femme et sa fille sont partis, dès ce matin, pour Londres en automobile. Mais j'ai vu la femme de chambre. C'était bien elle qui avait apporté à l'hôtel pour vous une lettre de sa maîtresse. En montant l'escalier, elle avait été rattrapée par un monsieur qui lui avait dit : « M. Simon « Dubosc dort et m'a chargé de défendre sa porte. Je « lui donnerai la lettre. » La femme de chambre remit donc cette lettre et accepta une gratification d'un louis. Voici ce louis. C'est une pièce à l'effigie de Napoléon Ier portant la date de 1807, donc exactement semblable à celle que vous avez ramassée près du cadavre de mon ami.

— Et alors ? demanda Simon anxieusement... Alors, cet homme ?...

— Cet homme, ayant pris connaissance de la lettre, vint frapper au numéro 44 qui est la chambre contiguë à la vôtre. Votre voisin ouvrit la porte, fut saisi à la gorge, tandis que l'assassin, de son bras libre, lui enfonçait un poignard par-dessus les épaules dans la nuque.

— Est-ce possible ? C'est donc à ma place ?...

— C'est à votre place qu'il a été frappé, oui. Mais il n'est pas mort. On le sauvera. »

Simon était bouleversé.

« C'est effrayant ! murmura-t-il... encore cette même façon de frapper... »

Après un silence, il demanda :

« Vous ne savez rien sur le contenu de la lettre ?

— Selon quelques mots échangés entre Lord Bakefield et sa fille, la femme de chambre a compris qu'il était question de l'épave de la *Reine-Mary*, ce bateau avec lequel Miss Bakefield a fait naufrage l'autre jour et qui doit être à découvert maintenant. Miss Bakefield aurait alors perdu une miniature.

— Oui, en effet, dit Simon pensivement, oui, c'est vraisemblable. Mais il est désolant que cette lettre ne m'ait pas été remise en main propre. La femme de chambre n'aurait jamais dû s'en dessaisir.

— Pourquoi se serait-elle méfiée ?

— Comment ! le premier venu qui passe...

— Mais elle le connaissait.

— Elle connaissait cet homme ?

— Certes, elle l'avait rencontré souvent chez Lord Bakefield... c'est un intime de la maison.

— Alors elle a pu vous dire son nom ?

— Elle m'a dit son nom.

— Il s'appelle ?

— Il s'appelle Rolleston. »

Simon bondit sur lui-même et s'écria :

« Rolleston ! mais c'est impossible !... Rolleston ?

Quelle folie ! Comment est-il, cet individu ? Quel est son signalement ?

— L'individu que la femme de chambre et moi avons vu est très grand, ce qui lui permet de dominer ses victimes et de les frapper par-dessus les épaules. Il est maigre... un peu voûté... très pâle...

— Taisez-vous ! ordonna Simon, impressionné par ce signalement qui était celui d'Edwards... Taisez-vous... Cet homme est un de mes amis, et je réponds de lui comme de moi-même ! Rolleston, un assassin ! Allons donc ! »

Et Simon se mit à rire nerveusement tandis que l'Indien, toujours impassible, reprenait :

« Entre autres renseignements, la femme de chambre me parla d'une taverne assez mal fréquentée dont Rolleston, grand buveur de whisky, est un familier. L'indication se trouva exacte. Le garçon du bar, grassement payé par moi, me confia que Rolleston était venu tantôt, vers midi, qu'il avait embauché une demi-douzaine de vauriens prêts à toutes les besognes, et que le but de l'expédition était l'épave de la *Reine-Mary*. Dès lors j'étais fixé. Toute cette affaire compliquée prenait sa signification, et je fis aussitôt les préparatifs nécessaires, tout en revenant ici à chaque instant afin d'assister à votre réveil et de vous mettre au courant. D'ailleurs, ajouta l'Indien, j'avais eu soin de vous mettre sous la garde de votre ami M. Calcaire et de serrer dans ce tiroir votre portefeuille qui traînait là à la disposition de tout le monde. J'y ai pris dix mille francs pour la mise en œuvre de notre affaire commune. »

Simon n'en était plus à s'étonner des faits et gestes de ce singulier personnage. Pouvant prendre tous les billets dont le portefeuille était bourré, il n'en avait pris que dix. C'était un honnête homme.

« Notre affaire ? demanda Simon. Comment l'entendez-vous ?

— Ce sera bref, monsieur Dubosc, répondit l'Indien, en homme qui sait d'avance la partie gagnée. Voici. Miss Bakefield a perdu, dans le naufrage de la *Reine-Mary*, une miniature de la plus grande valeur, et sa lettre vous demandait d'aller à la recherche de cet objet. La lettre a été interceptée par Rolleston qui a su ainsi l'existence de l'objet précieux, et a connu sans doute, en même temps, les sentiments que vous porte Miss Bakefield, nous expliquant par là même le coup de couteau dont il a voulu vous gratifier. En tout cas, ayant recruté une demi-douzaine de chenapans de la pire espèce, il est parti vers l'épave de la *Reine-Mary*. Lui laisserez-vous la route libre, monsieur Dubosc ? »

Simon ne répondit pas sur-le-champ. Il réfléchissait. Comment n'eût-il pas été frappé par la logique des faits exposés ? Et comment oublier les habitudes d'Edwards, sa façon de vivre, son penchant pour le whisky, et, d'autre part, ses dépenses excessives ? Cependant, il affirma une fois de plus :

« Rolleston est incapable...

— Soit, observa l'Indien. Mais des gens sont partis à la conquête de la *Reine-Mary*. Leur laisserez-vous la route libre, monsieur Dubosc ? Moi, pas. J'ai à venger la mort de mon ami Badiarinos. Vous avez, vous, à tenir compte de la lettre de Miss Bakefield. Nous partirons donc. Tout est prêt. Quatre de mes camarades sont prévenus. J'ai acheté des armes, des chevaux et des provisions suffisantes. Je le répète, tout est prêt. Que décidez-vous ? »

Simon enleva son peignoir et saisit ses vêtements.

« Je vous suis.

— Oh ! oh ! fit l'Indien en souriant, si vous croyez que l'on peut s'aventurer ainsi sur la terre nouvelle, en pleine nuit ! Et les cours d'eau ? Et les sables mouvants ? Et tout le reste ? Sans compter qu'il y a un brouillard d'enfer. Non, non, départ, demain matin à quatre heures. En attendant, mangez, monsieur Dubosc, et dormez. »

Simon protesta.

« Dormir ! Mais je ne fais que cela depuis vingt-quatre heures.

— Ce n'est pas encore assez. Vous avez eu des fatigues terribles, et l'expédition va être dure, très dure et très dangereuse, vous pouvez en croire Œil-de-Lynx.

— Œil de Lynx ?

— Antonio ou Œil-de-Lynx, ce sont mes noms, expliqua l'Indien. A demain matin, monsieur Dubosc. »

Simon obéit docilement. Alors que l'on vivait depuis quelques jours dans un monde aussi bouleversé, pouvait-il mieux faire que de se soumettre aux conseils d'un homme qu'il n'avait jamais vu, qui était Peau-Rouge, et qui s'appelait Œil-de-Lynx ?

Son repas achevé, il parcourut un journal de l'après-midi. Les nouvelles affluaient, graves et contradictoires. On prétendait que Southampton et Le Havre étaient bloqués. On parlait de la flotte anglaise immobilisée à Portsmouth. Les rivières, obstruées à leur embouchure, débordaient. Partout c'était l'affolement, les communications coupées, les ports ensablés, les navires sur le flanc, le commerce interrompu, la ruine, la famine, le désespoir, l'impuissance des autorités, le désarroi des gouvernements...

Simon s'endormit assez tard, d'un sommeil agité. Au bout d'une heure ou deux, il lui sembla qu'on ouvrait la porte de sa chambre, et il se rappela qu'il ne l'avait pas fermée au verrou. Des pas légers effleurèrent le tapis. Puis il eut l'impression que quelqu'un s'inclinait au-dessus de lui, et que ce quelqu'un était une femme. Une haleine fraîche lui caressa le visage, et, dans la nuit, il devina une ombre qui s'éloignait rapidement.

Il voulut allumer : l'électricité ne fonctionna point. L'ombre sortit. Etait-ce la jeune femme, délivrée par lui, qui était venue ? Mais pourquoi serait-elle venue ?

VIII

SUR LE SENTIER DE GUERRE

A QUATRE heures du matin, les rues étaient presque désertes. Quelques voitures de fruits et de légumes circulaient parmi les maisons démolies et les trottoirs défoncés. Mais, d'une avenue voisine, déboucha une petite caravane où tout de suite Simon reconnut en tête, à califourchon sur un grand diable de cheval, le père Calcaire, coiffé de son haut-de-forme crasseux, et les basques de sa redingote noire débordant de chaque côté d'une selle aux sacoches gonflées.

Puis venait Antonio, dit Œil-de-Lynx, à cheval également, puis un troisième cavalier, planté comme les autres derrière de lourdes sacoches, et enfin trois piétons dont l'un tenait par la bride un quatrième cheval. Ces piétons, types à figure de terre cuite et à cheveux longs, étaient vêtus dans le genre d'Œil-de-Lynx, guêtres molles à glands de cuir, culottes de velours, ceintures de flanelle, larges feutres à rubans éclatants... bref, une troupe disparate, pittoresque, aux accoutrements multicolores, où des oripeaux de cow-boys exhibés dans les cirques voisinaient avec ceux d'un Peau-Rouge de Fenimore Cooper et d'un batteur d'estrade de Gustave Aymard. En travers des épaules, le rifle. A la ceinture, revolvers et poignards.

« Fichtre ! s'exclama Simon, mais c'est une expédition de guerre ! Nous allons donc chez les sauvages ?

— Nous allons dans un pays, répliqua sérieusement Antonio, où il n'y a ni habitants, ni auberge, mais où il y a déjà des hôtes aussi dangereux que des animaux féroces, d'où l'obligation d'emporter deux journées de vivres et deux d'avoine et de fourrage comprimé pour nos montures. Voici donc notre escorte. Voici les frères Mazzani, l'aîné et le cadet. Voici Forsetta. Voici M. Calcaire. Voici, à cheval, un de mes amis personnels. Et voici enfin, pour vous, *Orlando-III*, demi pur-sang par *Gracious* et *Chiquita.* »

Et l'Indien fit avancer une noble bête sèche, efflanquée, nerveuse et d'aplomb sur ses hautes jambes.

Simon se mit en selle. Il s'amusait beaucoup.

« Et vous, mon cher maître, dit-il au père Calcaire, vous en êtes aussi ?

— J'ai manqué mon train, dit le bonhomme, et, en rentrant à l'hôtel, j'ai retrouvé Œil-de-Lynx qui m'a enrôlé. Je représente la science et suis chargé des observations géologiques, géographiques, orographiques, stratigraphiques, paléontologiques, etc. J'ai de quoi faire.

— Alors, en route ! » commanda Simon.

Et tout de suite, prenant la tête avec Antonio, il lui dit :

« Enfin, expliquez-moi donc d'où sortent vos compagnons ? Et vous-même, Œil-de-Lynx ? Quoi ! s'il y a encore quelques spécimens de Peaux-Rouges, ils ne se baladent pas sur les chemins d'Europe. Avouez que vous êtes tous maquillés et déguisés.

— Eux pas plus que moi, dit Antonio. Nous venons de là-bas. Pour ma part, je suis le petits-fils d'un des derniers chefs indiens, la Longue-Carabine, qui avait enlevé la petite-fille d'un trappeur canadien. Ma mère était Mexicaine. Vous voyez que, s'il y a du mélange, tout de même, les origines sont indiscutables.

— Mais depuis, Œil-de-Lynx ? Depuis, que s'est-il passé ? Je ne sache pas que le gouvernement anglais entretienne les descendants des Sioux et des Mohicans ?

— Il y a d'autres firmes que le gouvernement anglais, prononça l'Indien.

— Que voulez-vous dire ?

— Je veux dire qu'il y a des maisons qui ont intérêt à ce que nous ne disparaissions pas.

— En vérité ! Et lesquelles ?

— Des entreprises de cinéma. »

Simon se frappa le front.

« Idiot que je suis ! Comment n'y ai-je pas pensé ? Alors, vous êtes...

— Interprètes de films du Far West, de la Prairie et de la frontière mexicaine, tout simplement.

— C'est cela ! c'est cela ! s'écria Simon. Je vous ai vu sur l'écran, n'est-ce pas ? et j'ai vu aussi... tenez, j'ai vu la belle Dolorès, elle aussi, n'est-ce pas ? Mais que faites-vous en Europe ?

— Une maison anglaise m'a fait venir, et j'ai engagé quelques camarades de là-bas, comme moi descendants très métissés de Peaux-Rouges, de Mexicains et d'Espagnols. Or, monsieur Dubosc, l'un de ces camarades, le meilleur — car les autres, je vous l'avoue, sont loin d'être recommandables, et je vous conseille, à l'occasion, de vous défier du sieur Forsetta et des frères Mazzani, — le meilleur, monsieur Dubosc, a été assassiné avant-hier par Rolleston. J'aimais Badiarinos comme un fils aime son père. J'ai juré de le venger. Voilà.

— Œil-de-Lynx, petit-fils de Longue-Carabine, dit Simon, nous vengerons votre ami, mais Rolleston n'est pas coupable... »

Pour un homme comme Simon, à qui la pratique de la navigation aérienne ou maritime avait donné le sens de l'orientation, et qui, d'ailleurs, ne quittait pas sa boussole, c'était un jeu d'atteindre un point dont il pouvait établir à peu près exactement la longitude et la latitude. Il piqua droit vers le Sud, après avoir calculé que, si rien ne les faisait dévier, ils auraient à effectuer une étape de cinquante kilomètres environ.

Presque aussitôt, la petite troupe, laissant à gauche la ligne des crêtes, suivie l'avant-veille par Simon, s'engagea sur une série de dunes un peu plus basses, mais qui dominaient cependant d'immenses champs de limon jaune où serpentait un lacis de petits filets d'eau. C'était la vase amenée par les rivières de la côte, et que les courants avaient poussée et répandue au large.

« D'excellents terrains d'alluvion, déclara le père Calcaire. Les eaux se canaliseront. Les parties de sable seront absorbées.

— Dans cinq ans, dit Simon, nous verrons des troupeaux de vaches paître le lit même de la mer, et cinq ans plus tard des rails de chemin de fer s'allonger et des palaces se dresser.

— Peut-être, mais pour le moment, la situation n'est pas brillante, observa le vieux professeur. Tiens, regarde cette feuille de journal parue hier soir. En France et en Angleterre, le désordre est à son comble. Il y a un arrêt brusque de la vie sociale et de la vie économique. Plus de services publics. Les lettres et les télégrammes passent ou ne passent pas. On ne sait rien de précis, et l'on affirme les choses les plus insolites. Les cas de folie et de suicide, paraît-il, sont innombrables. Et les crimes, donc! Crimes isolés, crimes commis en bandes, révoltes, pillages des magasins et des églises. C'est le chaos, les ténèbres. »

La couche de vase naguère travaillée par les lames de fond n'était pas bien épaisse, et ils purent, à diverses reprises, s'y risquer sans le moindre péril. D'ailleurs, des traces de pas la creusaient déjà et marquaient aussi le sol encore humide des dunes. Ils dépassèrent une carcasse de bateau autour de laquelle des gens avaient établi une sorte de campement. Les uns fouillaient la coque. D'autres s'introduisaient par le tube déchiqueté de la cheminée. On démolissait le bois à coups de marteau. On s'attaquait à des caisses de provisions plus ou moins intactes. Assises sur des poutres, des femmes du peuple, des femmes en haillons, l'air de bêtes traquées, attendaient. Des enfants jouaient, couraient, et déjà — première ébauche d'organisation sociale — un marchand circulait dans la foule avec un barillet de bière sur le dos, tandis que deux jeunes filles, établies derrière un comptoir branlant, vendaient du thé et du whisky.

Plus loin, ils virent un second campement, et, de tous côtés, des rôdeurs, des isolés, qui s'en allaient, comme eux, à la découverte.

« A merveille ! s'écria Simon. La Prairie s'étend devant nous avec tous ses mystères et toutes ses embûches. Nous voici sur le sentier de guerre, et c'est un chef Peau-Rouge qui nous conduit. »

Après deux heures de marche à bonne allure, la Prairie était représentée par des plaines ondulées où le sable et la vase alternaient en proportions égales, et où des rivières hésitantes, sans profondeur, cherchaient un lit favorable. Là-dessus s'étendait un brouillard bas, opaque et immobile, qui semblait avoir la solidité d'un plafond.

« Quel miracle, père Calcaire, s'écria Simon, tandis qu'ils suivaient un long ruban de menus graviers qui s'étendait devant eux comme le chemin creux d'un parc entre les ondulations des pelouses, quel miracle qu'une telle aventure ! Aventure horrible, certes, cataclysme, douleurs surhumaines, deuils et morts, mais aventure extraordinaire et la plus belle que l'on puisse rêver à mon âge. Tout cela est prodigieux !

— Prodigieux, en effet, disait le père Calcaire qui, fidèle à sa mission, poursuivait son enquête scientifique, prodigieux ! Ainsi, la présence de ces graviers à cet endroit constitue un de ces événements inouïs dont tu parles. Et puis, observe ce banc de gros poissons dorés qui gisent là-bas, le ventre en l'air...

— Oui, oui, mon vieux maître, reprit Simon. Il est impossible qu'une pareille tourmente ne soit pas le prélude d'une ère nouvelle ! Si je regarde l'avenir comme on regarde parfois un paysage, en fermant à demi les yeux, j'entrevois... Ah ! tout ce que j'entrevois !... Tout ce que j'imagine !... Quel drame de folie, de passion, de haine, d'amour, de violence et d'efforts généreux ! Nous entrons dans une de ces périodes où l'on déborde d'énergie, et où la volonté monte à la tête comme un vin généreux ! »

L'enthousiasme du jeune homme finit par gêner le père Calcaire, qui s'éloigna d'un compagnon aussi expansif, en grommelant :

« Simon, le souvenir de Fenimore Cooper te fait perdre la tête. Tu deviens trop bavard, mon petit. »

Simon ne perdait pas la tête, mais il y avait en lui une fièvre ardente, et, après les heures qu'il avait vécues l'avant-veille, le besoin frémissant de rentrer, pour ainsi dire, dans le monde des actions exceptionnelles.

En réalité, l'image d'Isabel présidait à toutes ses pensées et à tous ses rêves. Il ne songeait guère au but précis de son expédition et à la lutte entreprise pour la conquête d'un objet. Cachée dans le plaid, la miniature précieuse y serait inévitablement retrouvée par lui. Rolleston ? Sa bande de vauriens ? Les coups de poignard dans le dos ? Inventions et cauchemars ! La seule réalité, c'était Isabel. Le seul but, c'était de s'illustrer comme un preux qui combat pour l'amour de sa dame.

Cependant, autour des épaves, il n'y avait plus de campement ni de groupes en train de fouiller, mais seulement des rôdeurs, et en petit nombre, comme si la masse des gens eût craint de s'éloigner des côtes. Le sol devenait plus accidenté, composé sans doute, comme expliqua le père Calcaire, d'anciens bancs de sable que les convulsions avaient secoués et mélangés aux couches sédimentaires qui les soutenaient. Il leur fallut contourner, non pas, certes, des rocs déchiquetés ou des falaises compactes, mais des soulèvements de terrain qui n'avaient pas encore pris ces formes définies où l'on reconnaît l'action du temps, du temps qui sépare, qui classe, qui distingue, qui organise le chaos, et lui donne une apparence durable.

Ils traversèrent une nappe d'eau toute claire, suspendue dans un cercle de collines basses dont le fond était tapissé de petits cailloux blancs. Puis ils descendirent, entre deux talus de limon extrêmement élevés, un défilé par lequel la nappe d'eau s'écoulait en minces cascades. Au sortir de ce défilé, le cheval de l'Indien fit un écart. Il y avait là un homme à genoux qui gémissait et se tordait de douleur, la figure couverte de sang. Un autre gisait près de lui, sa face blême tournée vers le ciel.

Tout de suite, Antonio et Simon sautèrent de cheval. Lorsque le blessé eut relevé la tête, Simon s'écria :

« Mais je le connais... c'est William, le secrétaire de Lord Bakefield. Et je connais l'autre aussi... Charlie, le valet de chambre. On les a attaqués. Qu'y a-t-il, William ? C'est moi, Simon Dubosc. »

L'homme pouvait à peine parler; il bredouilla :

« Bakefield..., Lord Bakefield...

— Voyons, William, que s'est-il passé ?

— Hier... hier... répondit le secrétaire.

— Oui, hier, vous avez été attaqués. Par qui ?

— Rolleston... »

Simon tressaillit.

« Rolleston !

« C'est lui qui a tué Charlie ?

— Lui... Moi... j'ai été blessé... Toute la nuit j'ai appelé. Et tout à l'heure un autre... »

Antonio prit la parole.

« Vous avez été assailli de nouveau, n'est-ce pas, par quelque rôdeur qui a voulu vous dévaliser ?... Et comme il nous a entendus venir, il vous a frappé, lui aussi, et il s'est enfui ? Alors il n'est pas loin ?

— Là... là... » bégaya William, en essayant de tendre le bras.

L'Indien montra des pas qui s'éloignaient vers la gauche, au flanc des collines.

« Voici la piste, affirma-t-il.

— J'y vais », dit Simon, qui sauta sur son cheval.

L'Indien protesta :

« A quoi bon !...

— Mais si, mais si, il faut châtier ce misérable. »

Simon partit au galop, suivi par l'un des compagnons de l'Indien, celui qui montait le quatrième cheval et dont il ignorait le nom. Presque aussitôt, à cinq cents pas en avant, sur la ligne des crêtes, un homme se dressa hors du refuge que lui assuraient des blocs de pierre, et se sauva à toutes jambes.

En deux minutes, Simon parvint jusqu'à ces blocs et s'exclama :

« Je le vois ! Il fait le tour de l'étang que nous avons traversé. Piquons droit dessus. »

Il descendit l'autre versant et jeta son cheval dans l'eau qui, à cet endroit, recouvrait une couche de vase si profonde que les deux cavaliers eurent de la peine à se dégager. Lorsqu'ils arrivèrent sur le bord opposé, le fugitif, voyant qu'ils n'étaient que deux, se retourna, épaula son fusil, et les mit en joue.

« Halte ! proféra-t-il, ou je fais feu. »

Simon trop lancé ne put s'arrêter. Au moment où la détonation retentit, il se trouvait à vingt mètres au plus de l'assassin. Mais entre eux un autre cavalier avait bondi et tenait son cheval, cabré comme un rempart, devant Simon. La bête fut frappée au ventre et tomba.

« Merci, camarade, vous m'avez sauvé la vie », s'écria Simon qui abandonna la poursuite et mit pied à terre pour secourir son compagnon.

Celui-ci était assez mal pris, engagé sous le cheval, et risquait de recevoir un coup de sabot de la bête à l'agonie. Il ne se prêtait d'ailleurs nullement aux efforts de Simon qui, après l'avoir difficilement tiré d'affaire, constata qu'il était évanoui.

« Bizarre, pensa Simon. Ces gaillards-là n'ont cependant pas l'habitude de s'évanouir pour une chute de cheval. »

Il s'agenouilla près de lui et, voyant qu'il respirait avec peine, défit les premiers boutons de la chemise et découvrit le haut de la poitrine. Il fut stupéfait et, pour la première fois, regarda son compagnon qui, jusqu'ici, sous son grand feutre, lui avait paru semblable aux autres Indiens de l'escorte. Le feutre était tombé. Vivement Simon enleva un foulard de soie orange qui passait autour du front et de la nuque. Des cheveux s'en échappèrent en boucles noires.

« La jeune femme, murmura-t-il... Dolorès... »

Il avait de nouveau sous les yeux la vision de beauté ardente à laquelle son souvenir, depuis l'avant-veille, s'était reporté plusieurs fois, sans qu'aucun trouble, du reste, se mêlât à l'admiration ressentie. Cette admiration, il songeait si peu à la dissimuler que la jeune femme, en s'éveillant, la surprit dans un regard. Elle sourit.

« Cela va mieux, dit-elle... un simple étourdissement...

— Vous ne souffrez pas ?

— Non. J'ai l'habitude des accidents. Au cinéma, il m'a fallu souvent tomber de cheval... Celui-ci est mort, n'est-ce pas ? Pauvre bête... »

Il lui dit :

« Vous m'avez sauvé la vie.

— Nous sommes quittes », dit-elle...

Elle avait une expression grave qui convenait à son visage un peu austère, un de ces beaux visages si déconcertants par les oppositions qu'ils offrent, à la fois passionnés et pudiques, nobles et sensuels, pensifs et provocants.

A brûle-pourpoint, Simon lui demanda :

« C'est vous qui êtes entrée dans ma chambre, en plein jour d'abord, et puis la nuit ?... la nuit dernière... »

Elle rougit, et, cependant, déclara :

« C'est moi. »

Et, sur un mouvement de Simon, elle ajouta :

« J'étais inquiète. On tuait dans la ville et dans l'hôtel. Je devais veiller sur vous qui m'aviez sauvée... »

Il répéta :

« Je vous remercie.

— Ne me remerciez pas. J'agis malgré moi... depuis deux jours... Vous me semblez si différent de tous les hommes !... Mais je ne dois pas vous parler ainsi. Ne m'en veuillez pas... »

Et elle lui tendait la main, lorsque subitement elle

prêta l'oreille, puis, après un moment d'attention, se rajusta, cacha ses cheveux sous son foulard, et se coiffa de son feutre.

« C'est Antonio, dit-elle, la voix un peu altérée. Il aura entendu la détonation. Qu'il ne se doute pas que vous m'avez reconnue, n'est-ce pas ?

— Pourquoi ? » demanda Simon étonné.

Elle répondit avec un certain embarras :

« C'est préférable... Antonio est très autoritaire... Il m'avait défendu de venir... Et ce n'est qu'au moment où il vous a nommé les trois Indiens de l'escorte qu'il m'a reconnue; j'avais pris le cheval du quatrième Indien... Alors, n'est-ce pas ?... »

Elle n'acheva point. Un cavalier débouchait sur la ligne des crêtes. Quand il arriva, Dolorès avait défait les sacoches de la selle et les plaçait sur le cheval de Simon. Antonio ne posa pas une seule question. Aucune explication ne fut échangée. D'un coup d'œil, il reconstitua la scène, examina la bête morte, et, désignant la jeune femme par son nom pour montrer peut-être qu'il n'était pas dupe, il lui dit :

« Tu prendras mon cheval, Dolorès. »

Etait-ce là simple familiarité d'un camarade ou bien tutoiement de l'homme qui voudrait, devant un autre homme, affirmer ses droits ou ses prétentions sur une femme ? La voix n'était pas impérieuse, mais Simon surprit entre eux un regard où il y avait de la colère et du défi. Il n'y porta guère attention, d'ailleurs, beaucoup moins soucieux de connaître les raisons secrètes qui faisaient agir Dolorès et Antonio que d'éclaircir le problème posé par la rencontre du secrétaire William.

« Est-ce qu'il a parlé ? demanda-t-il à Antonio qui cheminait auprès de lui.

— Non, il est mort sans avoir parlé.

— Ah ! il est mort... Et vous n'avez rien découvert ?

— Non.

— Que supposez-vous donc ? William et Charlie avaient-ils été envoyés vers la *Reine-Mary* par Lord Bakefield et par sa fille, et devaient-ils me retrouver et m'aider dans mes recherches ? Ou bien marchaient-ils pour leur propre compte ? »

Ils rejoignirent bientôt les trois piétons de l'escorte auxquels le père Calcaire, une grappe de coquillages à la main, était en train de donner une leçon de géologie. Les trois piétons dormaient.

« Je vais en avant, dit Antonio à Simon. Nos bêtes ont besoin de repos. Dans une heure, vous vous mettrez en route dans la direction des cailloux blancs que je jetterai par poignées. Vous pourrez trotter. Mes trois camarades sont de taille à courir. »

Il s'était éloigné déjà de quelques pas, quand il revint, et, entraînant Simon à l'écart, lui dit, les yeux dans les yeux :

« Défiez-vous de Dolorès, monsieur Dubosc. C'est une de ces femmes dont il faut se défier. J'ai vu des hommes perdre la tête pour elle. »

Simon sourit et ne put s'empêcher de dire :

« Œil-de-Lynx est peut-être du nombre de ceux-là. »

L'Indien répéta :

« Défiez-vous, monsieur Dubosc. »

Et il s'en alla sur cette phrase où paraissait se résumer tout ce qu'il pensait de Dolorès.

Simon mangea, s'étendit, et fuma quelques cigarettes. Assise sur le sable, Dolorès décousait certains plis du large pantalon qu'elle portait et l'arrangeait de telle façon que l'on eût dit une jupe.

Cependant une heure plus tard, comme Simon se disposait au départ, son attention fut sollicitée par un bruit de voix.

A quelque distance, debout l'un en face de l'autre, Dolorès et l'un des trois Indiens, Forsetta, se querellaient dans une langue que Simon ne comprenait pas, tandis que les frères Mazzani les contemplaient en ricanant.

Dolorès avait les bras croisés sur sa poitrine, et restait immobile et dédaigneuse. L'homme au contraire, gesticulait, la figure grimaçante et les yeux étincelants.

Soudain, il l'empoigna par les deux bras et, l'attirant contre lui, chercha ses lèvres.

Simon se leva d'un bond. Mais il n'eut pas à intervenir; l'Indien avait reculé aussitôt, piqué à la gorge par un poignard que Dolorès tenait devant elle, le manche appuyé contre sa poitrine, la pointe menaçante.

Et l'incident n'amena aucune explication. L'Indien s'éloigna en grognant. Le père Calcaire, qui n'avait rien vu, attaqua Simon sur le chapitre de sa faille, et Simon se dit simplement, tandis que Dolorès sanglait son cheval :

« Que diable se passe-t-il entre tous ces gens-là ? »

Question qu'il ne perdit pas son temps à élucider.

La petite troupe ne rattrapa Antonio que trois heures plus tard, alors que, courbé à terre, il examinait des empreintes.

« Voilà, dit-il à Simon en se relevant. J'ai démêlé treize pistes isolées les unes des autres, et laissées par des gens qui, certainement, ne voyageaient pas ensemble. En dehors de ces treize forbans — car il ne faut pas avoir froid aux yeux pour s'aventurer ainsi, — il y a deux groupes qui nous précèdent. Un groupe de quatre cavaliers d'abord, puis, marchant derrière eux — combien d'heures après, je ne saurais le dire, — un groupe de sept piétons qui forment la bande de Rolleston. Tenez, voici la trace de la semelle de caoutchouc quadrillée.

— Oui, oui, en effet, dit Simon qui reconnut l'empreinte aperçue l'avant-veille. Et vous en concluez ?

— J'en conclus que, comme nous le savions, Rolleston est de la fête et que tous ces gens-là, rôdeurs et groupes, se dirigent vers la *Reine-Mary*, le dernier des grands paquebots coulés, et le plus proche de cette partie de la côte. Alors, vous pensez, quel butin pour des pillards !

— Marchons, marchons », fit le jeune homme inquiet maintenant à l'idée de ne pouvoir réussir dans la mission qu'Isabel lui avait assignée.

Une à une, cinq autres pistes qui venaient du Nord — de la ville d'Eastbourne, supposa l'Indien — se joignirent aux premières. A la fin, ce fut un tel enchevêtrement qu'Antonio dut renoncer à les compter. Cependant les empreintes de caoutchouc et celles de quatre chevaux apparaissaient de place en place.

Ils marchèrent encore longtemps. Le paysage ne variait guère, plaines et dunes de sable, champs de limon, rivières et nappes d'eau laissées par la mer, et où s'étaient réfugiées des colonies de poissons. Cela était monotone, sans beauté ni grandeur, mais étrange comme tout ce qui est informe.

« Nous approchons, dit Simon Dubosc.

— Oui, fit l'Indien, les traces arrivent de toutes les directions, et voici même des rôdeurs qui retournent vers le Nord, chargés de butin. »

Il était alors quatre heures du soir. Aucune fissure n'entrouvrait le plafond des nuées immobiles. De la pluie s'en détachait par gouttes larges. Pour la première fois, ils entendirent au-dessus d'eux le ronflement d'un avion qui volait au-dessus de l'infranchissable obstacle. On suivit un vallonnement. Des collines se succédèrent. Et soudain une masse surgit. C'était la *Reine-Mary*, ployée en deux, presque cassée comme un jouet d'enfant.

Et rien n'était plus lamentable, rien ne donnait une idée plus sinistre de destruction et d'anéantissement que ces deux moitiés inertes d'une même chose si puissante. Autour de l'épave, personne.

L'émotion de Simon fut extrême devant ce qui restait du grand bateau dont il avait vu l'effroyable naufrage. Il n'avançait qu'avec cette sorte de terreur sacrée que l'on éprouverait à pénétrer dans un vaste tombeau hanté par les ombres de ceux que nous avons connus. Il se souvenait des trois pasteurs et de la famille française, et du capitaine. Et il eut un frisson en songeant à la minute où, de toute sa volonté et de tout son amour impérieux, il entraînait Isabel vers le gouffre.

On fit halte. Simon laissa son cheval aux Indiens et se mit en route, accompagné d'Antonio. Il descendit la pente rapide que l'arrière du bateau avait creusée dans le sable, agrippa de ses deux mains une corde qui pendait le long du gouvernail, et, en quelques secondes, s'aidant des pieds et des genoux, gagna le bastingage.

Bien que le pont fût violemment incliné sur le tribord, et qu'une boue gluante suintât du parquet, il courut à l'endroit où Miss Bakefield et lui s'étaient assis. Le banc avait été arraché, mais les poteaux de fer se dressaient encore, et le plaid que la jeune fille avait suspendu à l'un d'eux se trouvait là, rapetissé, alourdi par l'eau qui en dégouttait, et serré, comme avant le naufrage, dans sa courroie intacte.

Simon plongea la main entre les plis humides, ainsi qu'il l'avait vu faire à la jeune fille. Ne rencontrant aucun objet, il voulut enlever la courroie, mais le cuir avait gonflé et l'ardillon ne sortait pas des boucles. Alors, il prit son couteau, trancha les lanières, et développa le plaid. La miniature entourée de perles n'y était plus.

A la même place, fixée avec une épingle anglaise, il y avait une feuille de papier.

Il ouvrit cette feuille. Elle contenait ces mots, écrits à la hâte, et qu'Isabel évidemment lui adressait :

« *J'espérais vous voir. N'avez-vous pas reçu ma lettre ? Nous avons passé la nuit ici — dans quel enfer ! — et nous allons repartir. Je suis inquiète. Je sens qu'on rôde autour de nous. Que n'êtes-vous là ?* »

« Oh ! balbutia Simon, est-ce croyable ! »

Il montra le billet à Antonio qui venait de le rejoindre, et il ajouta aussitôt :

« Miss Bakefield !... Elle a passé la nuit ici... avec son père... et ils sont repartis ! Mais où ? Comment les sauver de tant d'embûches ? »

L'Indien lut la lettre, et dit lentement :

« Ils ne sont pas retournés vers le Nord. J'aurais vu leurs traces.

— Alors ?

— Alors, je ne sais pas.

— Mais c'est effrayant ! Voyons, Antonio, pensez à tout ce qui les menace... à Rolleston qui les poursuit ! Pensez à cette région sauvage, sillonnée de bandits et de pillards !... Ah ! quelle horreur ! »

SECONDE PARTIE

NO MAN'S LAND

CHAPITRE PREMIER

DANS LES FLANCS DE L'EPAVE

L'EXPÉDITION si gaiement commencée, où Simon ne voyait qu'une de ces aventures pittoresques comme on en raconte dans les livres, devenait, tout à coup, le drame le plus redoutable. Il ne s'agissait plus d'Indiens de cinéma et de cow-boys de cirque, ni de découvertes amusantes dans des pays fabuleux, mais de dangers réels, de bandits implacables, opérant dans des régions où aucune force organisée ne pouvait se mettre en travers de leurs entreprises. Que pouvaient Isabel et son père, alors que rôdaient autour d'eux les pire forbans ?

« Mon Dieu ! s'écria Simon, comment Lord Bakefield a-t-il eu l'imprudence de risquer un pareil voyage ? Voyons, Antonio, la femme de chambre vous avait pourtant dit que Lord Bakefield avait pris le train pour Londres avec sa femme et sa fille...

— Malentendu, déclara l'Indien. Il aura conduit Lady Bakefield à la gare et il aura organisé l'expédition avec Miss Bakefield.

— Alors, ils sont seuls, tous deux ?

— Non, ils sont accompagnés de deux serviteurs. Ce sont les quatre cavaliers dont nous avons relevé les traces.

— Quelle imprudence de leur part !

— Imprudence, oui. Miss Bakefield vous en avertissait dans la lettre interceptée, comptant sur vous pour prendre les mesures de surveillance nécessaires. En outre, Lord Bakefield avait donné l'ordre à son secrétaire William et à son domestique Charlie de le rejoindre. C'est ainsi que les deux malheureux ont été supprimés en cours de route par Rolleston et ses six complices.

— Ce sont ceux-là que je crains, dit Simon d'une voix altérée. Lord Bakefield et sa fille leur ont-ils échappé ? Le départ que Miss Bakefield m'annonce a-t-il eu lieu avant leur arrivée ? Comment le savoir ? Où chercher ?

— Ici, dit Antonio.

— Sur cette épave déserte ?

— Il y a toute une foule dans cette épave, affirma l'Indien. Tenez, commençons par interroger ce gamin qui nous guette, là-bas. »

Appuyé contre le fût d'un mât brisé, un type de voyou pâle et maigre, les mains dans les poches, fumait un énorme cigare. Simon s'approcha de lui en murmurant :

« Exactement les havanes favoris de Lord Bakefield... Où as-tu chipé ce cigare ? »

Le gamin répliqua :

« Foi de Jim (c'est mon nom) j'ai rien chipé. On me l'a donné.

— Qui ça ?

— Papa.

— Où est-il, ton père ?

— Ecoutez... »

Ils tendirent l'oreille. Un bruit résonnait au-dessus d'eux, dans les flancs mêmes de l'épave. On eût cru le choc régulier d'un marteau.

« C'est papa qui démolit, ricana le garçon.

— Réponds-moi, ordonna Simon, as-tu vu un vieux gentleman et une demoiselle venus ici à cheval ?

— Je ne sais pas, dit le gamin nonchalamment. Questionnez papa. »

Simon entraîna Antonio. Un peu plus loin, un escalier s'enfonçait dans le pont et conduisait, selon une inscription visible encore, vers les cabines des premières classes. Ils le descendaient, lorsque Simon, qui marchait en tête, heurta quelque chose et faillit tomber. A la lueur d'une lanterne de poche, il aperçut le cadavre d'une femme. Bien que le visage boursouflé, tuméfié, à demi rongé, fût méconnaissable, certains signes comme la couleur et l'étoffe des vêtements permirent à Simon d'identifier la dame française qu'il avait vue avec son mari et ses enfants. S'étant penché, il constata que le poignet gauche avait été coupé et que deux doigts manquaient à la main droite.

« La malheureuse ! balbutia-t-il. Ne pouvant lui enlever ses bagues et ses bracelets, les bandits l'ont mutilée. »

Et il ajouta :

« Penser qu'Isabel était là, cette nuit, dans cet enfer ! »

Le couloir où ils s'engageaient, en se dirigeant d'après le bruit du marteau, les menait à l'arrière. Il y eut un tournant et un homme apparut, qui tenait à la main une masse de fer avec laquelle il frappait furieusement contre la cloison d'une cabine. Par les vitres polies du plafond, filtrait une lumière blanchâtre qui éclairait en plein la plus ignoble face de coquin que l'on pût imaginer, blafarde, atroce, trouée de deux yeux sanguinolents, et surmontée d'un crâne entièrement chauve d'où la sueur dégouttait.

« Au large, camarades ! Que chacun se débrouille de son côté. Il y a de la marchandise pour tout le monde.

— Pas disposé à bavarder, le papa », dit la voix aiguë du gamin.

Il les avait accompagnés et lançait d'un air goguenard de grosse bouffées de fumée.

L'Indien lui tendit un billet de cinquante francs.

« Jim, tu as quelque chose à nous dire. Parle.

— A la bonne heure, fit le gamin, je commence à comprendre la question. Venez. »

Guidés par lui, Antonio et Simon suivirent d'autres couloirs où ils retrouvèrent la même fureur de destruction. Partout des gredins à mine farouche forçaient les réduits, arrachaient, déclouaient, cassaient, pillaient. Partout on en voyait se faufiler à genoux dans l'ombre, et ramper, et flairer le butin, et chercher, à défaut d'or ou d'argent, la tringle de cuir ou le morceau de métal que l'on peut revendre.

Bêtes de proie, bêtes de carnage, semblables à celles qui rôdent autour des champs de bataille. Des cadavres mutilés et dépouillés attestaient leur férocité. Plus de bagues, plus de bracelets, plus de montres, plus de portefeuilles, plus d'épingles aux cravates des hommes, plus de broches aux corsages des femmes.

Et de place en place dans cet atelier de la mort et du vol hideux, le bruit d'une querelle. Deux corps qui roulent. Des cris, des hurlements de douleur qui s'achèvent en râles. C'est la lutte de deux pillards, et c'est le meurtre.

Jim s'arrêta devant une cabine spacieuse où l'eau séjournait en contre-bas mais dont une partie, plus haute, était occupée par des fauteuils cannés à peu près secs.

« Ils ont passé la nuit là, dit-il.

— Qui ? demanda Simon.

— Les trois voyageurs qui sont venus à cheval. J'étais le premier sur l'épave avec papa. Je les ai vus arriver.

— Mais ils étaient quatre.

— Il y en a un qui a couché dehors pour garder les chevaux. Les trois autres ont été prendre quelque chose dans la couverture où vous n'avez rien trouvé, et ils ont mangé et dormi ici. Ce matin, après leur départ, papa est venu fouiller la cabine, et il a trouvé l'étui à cigares du vieux gentleman.

— Ils sont donc partis ? »

Jim se tut.

« Mais réponds donc, galopin ! Ils sont partis à cheval, n'est-ce pas, avant que les autres n'arrivent ? Et ils sont hors de danger ? »

Jim tendit la main.

« Deux bank-notes », exigea-t-il.

Simon fut sur le point de lui sauter à la gorge. Mais il se contint, donna les billets, et sortit son revolver.

« Parle. »

L'enfant haussa les épaules.

« C'est les billets qui font parler. Pas ça... Voilà. Quand le vieux gentleman a voulu s'en aller ce matin, il n'a pas retrouvé le domestique qui gardait les quatre chevaux près de la quille du bateau, par où vous êtes montés.

— Mais les chevaux ?

— Evanouis.
— C'est-à-dire volés ?
— Patience. Le vieux gentleman, sa fille et l'autre gentleman se sont mis à la recherche en suivant, le long de l'épave, les traces des sabots. Ça les a menés à l'autre partie de la *Reine-Mary,* juste à l'endroit où s'est enfoncé le canot de sauvetage de bâbord. Et alors — moi, j'étais sur le pont, comme tout à l'heure, et j'ai vu toute l'affaire comme au cinéma —, alors, de derrière le canot de sauvetage, il s'est levé une demi-douzaine de diables qui se sont jetés dessus, avec un grand type, en avant, qui avait un revolver au bout de chaque bras. Ça n'a pas marché tout seul, ni d'un côté ni de l'autre. Le vieux gentleman s'est défendu. Il y a eu des coups de feu, et j'ai vu deux types qui tombaient dans la mêlée.
— Après ? Après ?... scanda Simon haletant.
— Après ? Je ne sais plus... Comme au cinéma, changement de tableau. Papa, qui avait besoin de moi, m'a empoigné par le cou, et j'ai perdu la fin du film. »
Ce fut au tour de Simon d'empoigner le gamin par le cou. Il le hissa en haut de l'escalier et, arrivé à un endroit du pont d'où l'on découvrait toute l'épave, il lui dit :
« C'est là-bas, le canot de sauvetage ?
— Là-bas. »
Simon s'élança vers la quille, se laissa glisser, et, suivi de l'Indien et de Jim, courut le long du navire jusqu'au canot que le naufrage avait arraché des flancs de la *Reine-Mary* et jeté sur le sable à vingt mètres de l'épave. C'était là que l'agression avait eu lieu. On en voyait encore les vestiges. Dans un creux, le cadavre d'un de ceux que Jim avait appelés les diables disparaissait à moitié.

Mais une plainte s'éleva de l'autre côté du canot. Simon et l'Indien le contournèrent vivement et aperçurent un homme accroupi, le front bandé d'un mouchoir rouge de sang.

« Ah ! Rolleston, s'écria Simon en s'arrêtant, confondu... Edwards Rolleston ! »

Rolleston ! l'homme que tout accusait, celui qui avait monté toute l'affaire et recruté les chenapans de Hastings pour courir vers l'épave et dérober la miniature ! Rolleston, l'assassin de l'oncle de Dolorès, l'assassin de William et de Charlie ! Rolleston, le persécuteur d'Isabel !

Simon hésitait cependant, troublé profondément par la vue de son ami. Redoutant la colère de l'Indien, il lui saisit le bras :

« Attendez, Antonio... Etes-vous sûr, d'abord ? »

Durant quelques secondes, ils ne bougèrent ni l'un ni l'autre, et Simon pensait que la présence de Rolleston sur le champ de bataille constituait contre lui la preuve la plus convaincante. Mais Antonio prononça :

« Ce n'est pas cet homme-là que j'ai rencontré dans les couloir de l'hôtel.

— Ah ! fit Simon, j'en étais sûr ! Malgré toutes les apparences, je ne pouvais pas admettre... »

Il se précipita sur son ami, en disant :

« Blessé, Edwards ? Ce n'est pas grave, hein mon vieux ? »

L'Anglais murmura :

« C'est vous, Simon ? Je ne vous reconnaissais pas. Mes yeux sont pleins de brouillard.

— Tu ne souffres pas ?

— Pardieu, oui, je souffre ! La balle a dû taper contre le crâne, puis glisser, et je suis là, depuis ce matin, à moitié mort. Mais j'en sortirai. »

Anxieusement, Simon l'interrogea.
« Isabel ? Qu'est-elle devenue ?
— Je ne sais pas... je ne sais pas... articula l'Anglais avec effort... Non... non... je ne sais pas...
— Mais d'où viens-tu ? Comment es-tu là ?
— J'étais avec Lord Bakefield et Isabel.
— Ah ! prononça Simon, c'est donc toi qui les accompagnais ?
— Oui, nous avons passé la nuit sur la *Reine-Mary*... et ce matin, nous avons été attaqués ici, par la bande. Nous battions en retraite quand je suis tombé. Lord Bakefield et Isabel reculaient vers la *Reine-Mary* où la défense aurait été plus facile. D'ailleurs, Rolleston et ses hommes ne tiraient pas sur eux.
— Rolleston ? répéta Simon.
— Un cousin à moi... une damnée brute, capable de tout... bandit... escroc... un fou, quoi ! un vrai fou... alcoolique...
— Et qui, au physique, te ressemble, n'est-ce pas ? demanda Simon comprenant l'erreur commise.
— Si on veut...
— Et c'est pour voler la miniature et les perles qu'il vous a attaqués?
— Pour ça, et pour autre chose qui lui tient au cœur.
— Quoi ?
— Il aime Isabel. Il l'a demandée en mariage, quand il n'était pas encore tombé si bas. Lord Bakefield l'a jeté à la porte.
— Ah ! balbutia Simon, quelle horreur, si un tel homme a pu s'emparer d'Isabel ! »
Il se relevait. Epuisé, Edwards lui dit :
« Sauvez-la, Simon.
— Mais toi, Edwards ?... nous ne pouvons te laisser...

— Elle d'abord. Il a juré de se venger, et qu'Isabel serait sa femme.

— Mais que faire ? Où la chercher ? » s'écria Simon, avec désespoir. A ce moment, Jim arriva tout essoufflé. Il précédait un individu que Simon reconnut aussitôt comme étant au service de Lord Bakefield.

« Le domestique ! criait Jim... celui qui gardait les chevaux... je l'ai retrouvé au milieu des rochers... vous voyez ? là-bas ? On l'avait ficelé et les chevaux étaient attachés dans une sorte de grotte... »

Simon ne perdit pas de temps.

« Miss Bakefield ?

— Enlevée, répondit le domestique. Enlevée ainsi que Lord Bakefield.

— Ah ! » fit Simon, bouleversé.

Le domestique reprit :

« C'est Rolleston leur chef... Wilfred Rolleston. Il s'est approché de moi, ce matin à l'aube, comme je soignais les chevaux et m'a demandé si Lord Bakefield était encore là. Puis, sans attendre, il m'a renversé avec l'aide de ses hommes et m'a fait porter ici où ils ont préparé leur guet-apens contre milord Bakefield. Ils ne se gênaient pas pour parler devant moi, et j'ai appris que William et mon camarade Charlie, qui devaient nous rejoindre et grossir l'escorte, avaient été attaqués par eux et sans doute assommés. J'ai appris également que l'idée de Rolleston était de garder Miss Bakefield comme otage et d'envoyer milord chez son banquier, à Paris, chercher la rançon. Plus tard, ils m'ont laissé seul. Puis j'ai entendu deux détonations et, peu après, ils sont revenus avec milord et Miss Bakefield auxquels ils ont lié les poings et les pieds.

— A quelle heure tout cela ? dit Simon, frémissant d'impatience.

— Neuf heures, peut-être.

— Donc, ils ont une journée d'avance sur nous ?

— Oh ! non. Il y avait des provisions dans les sacoches des chevaux. Ils sont restés à manger et à boire, puis à dormir. Il était bien deux heures de l'après-midi quand ils ont sanglé milord et mademoiselle en travers de deux chevaux et qu'ils sont partis.

— Dans quelle direction ?

— De ce côté, dit le domestique, en tendant le bras.

— Antonio, s'écria Simon, il faut que nous les rattrapions dans la nuit. L'escorte du bandit est à pied. Trois heures de galop suffisent.

— Nos bêtes sont bien fatiguées, objecta l'Indien.

— On les crèvera, mais elles arriveront. »

Simon Dubosc donna ses instructions au domestique.

« Mettez M. Edwards à l'abri dans l'épave, soignez-le et ne le quittez pas une seconde. Jim, je peux compter sur toi ?

— Oui.

— Et sur ton père ?

— Ça dépend.

— Cinquante livres pour lui si avant deux jours le blessé est à Brighton, sain et sauf.

— Cent livre, déclara Jim. Pas un penny de moins.

— Cent livres, entendu. »

A six heures du soir, Simon et Antonio retournaient au campement des Indiens. Vivement, ils rebridèrent et sellèrent leurs chevaux, tandis que le père Calcaire, qui déambulait aux environs, accourait en criant :

« Ma faille, Simon ! Je te jure que nous sommes au-dessus de ma faille, celle du Bassin parisien que j'ai retrouvée à Maromme et près du Ridin de Dieppe... celle dont la rupture a causé tout le cataclysme. Monte donc que je te donne mes preuves. Il y a là tout un emmêlement d'éocène et de pliocène typique. Mais, sacré nom, écoute-moi ! »

Simon se planta en face de lui et, la figure crispée, lui jeta violemment :

« C'est bien le moment d'écouter vos balivernes !

— Qu'est-ce que tu dis ? bredouilla le bonhomme ahuri.

— Je vous dis de me ficher la paix. »

Et d'un bond le jeune homme se mit en selle.

« Vous venez, Antonio ?

— Oui, mes camarades suivront notre piste. De place en place, je laisserai un signal, et j'espère bien que demain nous serons réunis. »

Comme ils partaient, Dolorès, à cheval, vint ranger sa bête à côté des leurs.

« Non, fit Antonio, toi, tu accompagnes les autres. Le professeur ne pourra marcher tout le temps. »

La jeune femme ne répondit pas.

« J'exige que tu restes avec les autres », répéta l'Indien plus durement.

Mais elle mit son cheval au trot et rejoignit Simon.

Pendant plus d'une heure, ils allèrent dans une direction qui, d'après l'avis de Simon, devait bien être celle du Sud et du Sud-Est, c'est-à-dire de la France. L'Indien le croyait aussi.

« L'essentiel, dit-il, c'est de nous rapprocher des

côtes, nos bêtes n'ayant à manger que jusqu'à demain soir. La question de l'eau pourrait devenir inquiétante.

— Ce qui se passera demain m'est indifférent », répliqua Simon.

On avançait beaucoup plus lentement qu'il ne l'avait espéré. Les chevaux, d'assez médiocre qualité, manquaient d'ardeur. En outre, il fallait de temps à autre s'arrêter pour démêler les pistes qui s'entrecroisaient sur le sable humide, ou pour les relever sur les terrains de formation rocheuse. Le jeune homme s'exaspérait à chaque station.

Autour d'eux c'étaient des paysages semblables à ceux qu'ils avaient vus au début de l'après-midi, à peine ondulés, tristes, monotones avec leurs cimetières d'épaves et leurs carcasses de bateaux. Les rôdeurs s'y croisaient en tous sens. Au passage, Antonio leur lançait une question. L'un d'eux déclara qu'il avait rencontré deux cavaliers et quatre piétons entourant deux chevaux, sur lesquels étaient attachés un homme et une femme dont les cheveux blonds pendaient jusqu'à terre.

« Il y a combien de temps ? demanda Simon d'une voix rauque.

— Quarante minutes, cinquante au plus. »

Il bourra son cheval à coups de talon et partit au galop, en se tenant courbé sur l'encolure pour ne pas perdre de vue la piste des bandits. Antonio avait de la peine à le suivre, tandis que Dolorès, toute droite, le visage grave, les yeux fixés au loin, se tenait sans effort à sa hauteur.

Cependant, le jour baissait, et l'on sentait que la nuit allait s'abattre tout d'un coup des nuages lourds où elle s'amoncelait.

« Nous arriverons... il le faut... répétait Simon...

je suis sûr qu'avant dix minutes nous les verrons... »

En quelques mots, il mit Dolorès au courant de ce qu'il avait appris sur l'enlèvement de sa fiancée. L'idée qu'Isabel souffrait lui causait un supplice insupportable. Le cerveau désordonné, il se la représentait comme une captive que le Barbare s'amuse à torturer, et dont la tête ensanglantée se déchire aux pierres de la route. Il suivait en imagination toutes les phases de l'agonie, et il avait si bien l'impression de lutter de vitesse avec la mort, il fouillait l'horizon d'un regard si aigu, qu'à peine fit-il attention à un appel strident que lui lança l'Indien, à cent pas en arrière.

Dolorès se retourna et prononça calmement :

« Le cheval d'Antonio s'est abattu.

— Antonio nous rejoindra », dit Simon.

Depuis un moment ils étaient entrés tous deux dans une région un peu plus mouvementée, où il y avait des sortes de dunes coupées droit à la façon de petites falaises. Une pente assez dure aboutissait à une longue vallée, remplie d'eau, au bord de laquelle la piste des bandits se distinguait nettement. Ils s'y engagèrent en prenant comme point de direction un endroit de la rive opposée qui, à distance, leur semblait également piétiné.

L'eau, qui montait à peine aux jarrets des chevaux, s'en allait vers leur droite, en un courant paisible. Mais, comme ils en étaient au tiers de la traversée, Dolorès cingla de ses longues rênes le cheval de Simon.

« Hâtons-nous, ordonna-t-elle... Regardez... à gauche... »

A gauche, toute la largeur de la vallée était barrée par un gonflement de l'eau qui déferlait aux deux extrémités en une longue vague d'écume. Phénomène tout naturel : à la suite d'un cataclysme, les eaux cherchaient leur équilibre et envahissaient les parties les plus basses. L'afflux, d'ailleurs, se produisait d'une façon assez lente pour qu'ils n'eussent pas à en craindre les effets. Cependant leurs chevaux paraissaient s'enfoncer peu à peu. Entraînés par le courant, ils durent obliquer vers la droite, et, en même temps, la rive opposée s'éloignait d'eux, changeait d'aspect, se déplaçait selon la montée du fleuve. Et, quand ils y eurent abordé, il leur fallut encore pour n'être pas rejoints par l'eau qui les poursuivait sans répit, presser l'allure et trotter entre les murailles proches que formaient deux petites falaises de vase séchée où s'incrustaient, comme des mosaïques, des milliers et des milliers de coquillages.

Une demi-heure après seulement, ils purent se hisser sur un plateau où ils étaient hors d'atteinte. Leurs bêtes, du reste, refusaient d'avancer.

Les ténèbres s'accumulaient. Comment retrouver les traces d'Isabel et des ravisseurs ? Et comment leurs traces à eux, ensevelies sous l'immense nappe d'eau, serait-elle retrouvées par Antonio et par ses hommes ?

« Nous sommes séparés des autres... prononça Simon, et je ne vois pas comment notre troupe se reformera.

— Pas avant demain, en tout cas, fit Dolorès.

— Non, pas avant... »

Ainsi ils étaient seuls tous deux dans la nuit, au plus profond de cette terre mystérieuse.

Simon allait et venait sur le plateau comme un homme qui ne sait quelle décision prendre, et qui sait, d'ailleurs, qu'il n'y a aucune décision à prendre.

Mais Dolorès dessella les chevaux, déboucla les sacoches et dit :

« Nos provisions sont suffisantes, mais nous n'avons pas de quoi boire : les bouteilles de réserve étaient sur la selle d'Antonio. »

Et elle ajouta, après avoir étalé les couvertures des deux bêtes :

« Nous dormirons là, Simon. »

II

LE LONG DU CÂBLE

Il s'endormit à côté d'elle, après une longue insomnie où son anxiété se calmait peu à peu au rythme doux et régulier qui marquait la respiration de la jeune femme.

Quand il se réveilla, assez tard dans la matinée, Dolorès, penchée sur la rivière qui coulait le long de la colline, y baignait ses beaux bras et son visage. Elle avait les gestes lents, et toutes les attitudes qu'elle prenait pour essuyer ses bras, pour aplanir ses cheveux sur sa tête et les boucler autour de son cou, étaient harmonieuses et graves. Comme Simon se levait, elle remplit un verre qu'elle lui apporta.

« Buvez, dit-elle. Contrairement à ce que je croyais, c'est de l'eau douce. Cette nuit, j'ai entendu nos chevaux qui s'y abreuvaient.

— L'explication est aisée, dit Simon. Les premiers jours, les rivières des anciennes côtes se sont infiltrées un peu partout, jusqu'au moment où, le flux grossissant, elles ont dû se frayer un nouveau chemin. D'après la direction que celle-ci paraît suivre, et d'après son importance, ce serait une rivière de France, sans doute la Somme, qui, désormais, se jetterait dans la mer, entre Le Havre et Southampton. A moins que... »

Il n'était pas sûr de ce qu'il avançait. En réalité, sous le voile implacable des nuages, toujours immobiles et très bas, n'ayant plus sa boussole qu'il avait remise distraitement à Antonio, il ne savait comment s'orienter. Se guidant, la veille au soir, sur la piste d'Isabel, il hésitait à s'aventurer d'un côté, plutôt que d'un autre, maintenant que cette piste était perdue et qu'aucun indice ne lui permettait de la chercher d'un côté plutôt que d'un autre.

Une découverte faite par Dolorès mit fin à son hésitation. En explorant les environs immédiats, la jeune femme avait aperçu un câble sous-marin qui traversait le fleuve.

« A merveille, dit-il, le câble vient évidemment comme nous, d'Angleterre. Suivons-le, et nous irons vers la France. En cours de route, et sûrs d'aller dans le même sens que nos ennemis, nous finirons bien par recueillir quelque renseignement.

— La France est loin, observa Dolorès, et nos chevaux ne pourront peut-être pas marcher plus d'une demi-journée.

— Tant pis pour eux, s'écria Simon, nous achèverons l'étape à pied. L'essentiel est de gagner les côtes françaises. Partons. »

A deux cents pas de distance, aux creux d'une dépression, le câble surgissait du fleuve et filait droit jusqu'à un banc de sable après lequel il reparaissait, comme ces chemins dont on aperçoit les tronçons au milieu des plaines inégales.

« Il vous mènera jusqu'à Dieppe, leur dit un rôdeur, un Français que Simon avait arrêté. J'en viens, moi. Vous n'avez qu'à le suivre. »

Ils le suivirent silencieusement. Compagne taciturne, ne disant que des paroles indispensables, Dolorès semblait toujours absorbée en elle-même, ou soucieuse uniquement des chevaux et des détails de l'expédition. Quant à Simon, il ne s'occupait pas d'elle. Chose bizarre, il n'avait pas encore eu l'impression, même passagère, de ce qu'il y avait de singulier et de troublant dans l'aventure qui les unissait l'un à l'autre, lui jeune homme et elle jeune femme. Elle demeurait l'inconnue, sans que ce mystère fût pour lui un attrait spécial, et sans même que les paroles énigmatiques d'Antonio lui revinssent à la mémoire. Quoiqu'il se rendît bien compte qu'elle était fort belle, qu'il éprouvait à l'occasion plaisir à la regarder, et qu'il sentît souvent les yeux de Dolorès se poser sur lui, cela ne prenait pas une seule de ses pensées et ne se mêlait pas un seul instant aux réflexions ininterrompues que lui inspiraient son amour pour Isabel Bakefield et les dangers que courait la jeune fille.

Ces dangers, maintenant, il les jugeait moins redoutables. Puisque le plan de Rolleston consistait à envoyer Lord Bakefield à la recherche de fonds chez un banquier de Paris, on pouvait présumer qu'Isabel, gardée comme otage, serait traitée avec certains égards, du moins jusqu'au moment où Rolleston, la rançon payée, montrerait d'autres exigences. Mais, à ce moment, ne serait-il pas là, lui, Simon ?

Ils avançaient dans une région toute différente, où il n'y avait plus ni sable ni vase, mais un plancher de roche grise, striée de petites lames dures et coupantes, où nulle trace ne pouvait s'imprimer, et que ne mordait même point le fer des sabots. La seule chance d'information venait donc des rôdeurs que l'on rencontrait.

Ils arrivaient de plus en plus nombreux. Depuis l'émersion de la terre nouvelle, deux jours pleins avaient passé. On en était au troisième, et, de toutes parts, de tous les points des provinces côtières, accouraient tous ceux que n'effrayaient pas le risque de l'entreprise, les audacieux, les vagabonds, les chemineaux, les braconniers, les casse-cou. Les villes détruites déversaient leur contingent de miséreux, de meurt-de-faim, et de détenus échappés. Armés de fusils et de sabres, de gourdins ou de faux, tous ces pirates avaient un air à la fois défiant et menaçant. Ils s'observaient les uns les autres, chacun d'eux jaugeant d'un coup d'œil la force de son voisin, prêt à sauter sur lui ou prêt à se défendre.

Aux questions de Simon, à peine répondaient-ils en grognant

« Une femme attachée ? une troupe ? des chevaux ? Pas vu cela. »

Et ils passaient. Mais, au bout de deux heures, Simon fut très surpris d'apercevoir le costume bariolé de trois hommes qui marchaient à quelque distance en avant, les épaules chargées de paquets que chacun d'eux tenait à l'extrémité d'un bâton. N'étaient-ce pas les Indiens d'Antonio ?

« Oui, murmura Dolorès, c'est Forsetta et les frères Mazzani. »

Et, comme Simon voulait les rejoindre
« Non, dit-elle, sans cacher sa répugnance, ce sont d'assez mauvaises têtes. Nous n'avons rien à gagner avec eux. »

Mais il ne l'écouta pas, et leur cria dès qu'il fut à portée de voix :

« Antonio est donc par ici ? »

Les trois hommes déposèrent leurs paquets, tandis que Simon et Dolorès descendaient de cheval, et Forsetta, qui portait un revolver au poing, l'enfonça dans sa poche. C'était un grand gaillard bâti comme un colosse.

« Ah ! c'est toi, Dolorès ? dit-il, après avoir salué Simon. Ma foi, non, Antonio n'est pas ici. On ne l'a pas retrouvé. »

Il souriait, la bouche de travers, l'œil faux.

« C'est-à-dire, reprit Simon, en montrant les sacs, que Mazzani et vous, vous avez cru plus simple d'aller à la chasse de ce côté ?

— Peut-être, fit-il d'un ton narquois.

— Mais le vieux professeur ? Antonio vous l'avait confié.

— Nous l'avons perdu un peu après la *Reine-Mary*. Il cherchait des coquillages. Alors, Mazzani et moi, nous avons continué. »

Simon s'impatientait. Dolorès lui coupa la parole.

« Forsetta, dit-elle gravement, Antonio était votre chef. Nous avons travaillé tous les quatre ensemble, et il vous a demandé si vous vouliez venir avec lui et avec moi pour venger la mort de mon oncle. Vous n'aviez pas le droit d'abandonner Antonio. »

Les Indiens se regardèrent en riant. On voyait que le droit, les promesses, les obligations, les devoirs de l'amitié, les règles établies, les convenances, tout cela était devenu subitement pour eux des choses qu'ils ne comprenaient plus. Dans l'immense chaos des événements, au centre de la terre vierge, rien ne comptait que l'assouvissement des appétits. C'était une situation nouvelle qu'ils ne discernaient pas, mais dont ils s'empressaient de tirer les conséquences sans même les discuter.

Les frères Mazzani reprirent leurs paquets. Forsetta s'approcha de Dolorès et la regarda un moment sans rien dire, avec des yeux qui brillaient entre les paupières à demi closes. Son visage marquait à la fois de l'hésitation, et un désir brutal, qu'il ne cherchait pas à dissimuler, de saisir la jeune femme comme une proie.

Mais il se contint et, ramassant son sac, il s'éloigna avec ses compagnons.

Simon avait observé la scène en silence. Ses yeux rencontrèrent ceux de Dolorès. Elle rougit un peu et murmura

« Auparavant, Forsetta était un camarade respectueux... L'air de la Prairie, ainsi que vous dites, a agi sur lui comme sur les autres. »

Autour d'eux une couche de varech et d'algues desséchées, sous laquelle le câble disparaissait sur une longueur de plusieurs kilomètres, formait une série de hauteurs et de vallonnements. Dolorès décida qu'on y ferait une halte et conduisit les chevaux à quelque distance pour que leur voisinage ne gênât point le repos de Simon.

Or, il arriva que celui-ci, s'étant allongé sur le sol et ayant cédé au sommeil, fut assailli, bâillonné, réduit à l'impuissance, et lié sans avoir pu opposer la moindre résistance à ses agresseurs. C'étaient les trois Indiens qui revenaient à la charge.

Forsetta s'empara de son portefeuille et de sa montre, vérifia la solidité des cordes, puis, à plat ventre, encadré des deux Mazzani, rampa sous les algues et les varechs vers l'endroit où la jeune femme soignait les chevaux.

A plusieurs reprises Simon aperçut leurs corps souples qui ondulaient comme des reptiles. Dolorès occupée autour des sacoches leur tournait le dos. Aucune inquiétude ne lui annonçait le danger. Vainement Simon se raidissait contre les liens et proférait des appels qu'étouffait le bâillon. Rien ne pouvait empêcher que les Indiens n'atteignissent leur but.

Le plus jeune des deux frères Mazzani fut le plus rapide. Tout à coup il bondit sur Dolorès et la renversa, tandis que son frère sautait sur un des chevaux, et que Forsetta tenait l'autre par la bride et ordonnait d'une voix rauque et triomphante

« Soulève-la, enlève-lui sa carabine... Bien... Apporte-la ici... On va l'attacher... »

Dolorès fut placée en travers de la selle. Mais au moment où Forsetta déroulait une corde qu'il avait autour de la taille, elle se dressa sur l'encolure même de la bête, domina le jeune Mazzani et, levant le bras, le frappa de son poignard en pleine poitrine. L'Indien tomba comme une masse sur Forsetta et, lorsque celui-ci se fut dégagé, et qu'il voulut à son tour reprendre la lutte, Dolorès était déjà devant lui et, à bout portant, le menaçait de sa carabine qu'elle avait ramassée.

« Va-t'en, dit-elle... Toi aussi, Mazzani, va-t'en. »

Mazzani obéit et s'enfuit au galop. La figure convulsée de rage, Forsetta recula à pas mesurés, emmenant le second cheval. Elle commanda :

« Laisse-le, Forsetta. Et tout de suite... Sinon, je tire. »

Il lâcha la bride, puis, vingt pas plus loin, tournant le dos brusquement, il se sauva à toutes jambes.

Plus que l'incident lui-même — simple fait divers dans la grande tragédie, — ce qui remua Simon, ce fut l'extraordinaire sang-froid qu'avait montré la jeune femme. Lorsqu'elle vint le délivrer, ses mains étaient glacées et ses lèvres frissonnantes.

« Il est mort, balbutia-t-elle, le plus jeune Mazzani est mort...

— Il fallait bien vous défendre, dit Simon.

— Oui... oui... mais tuer, quelle horreur !... J'ai frappé instinctivement... comme au cinéma. Voyez-vous, cette scène, tous les quatre, nous l'avons répétée plus de cent fois, les Mazzani, Forsetta et moi... comme elle s'est passée, avec le même enchaînement de gestes et de paroles... jusqu'au coup de poignard !... C'est le petit Mazzani lui-même qui me l'avait appris, et il me disait souvent « Bravo, Dolorès, si jamais « tu joues la scène de l'enlèvement dans la réalité, « je plains ton adversaire. »

— Dépêchons-nous, dit Simon. Il est possible que Mazzani veuille venger son frère, et un homme comme Forsetta ne renonce pas... »

Ils continuèrent leur route et rejoignirent le câble. Simon marchait à pied, sur la même ligne que Dolorès. En tournant un peu la tête, il voyait son visage sombre couronné de cheveux noirs. Elle avait perdu son grand feutre ainsi que son boléro qui était resté sur la selle du cheval dérobé par Mazzani. Une chemisette de soie modelait son buste. Sa carabine lui barrait les épaules.

De nouveau, la région de pierre striée s'étendait à l'infini, peuplée des mêmes épaves et traversée par les silhouettes errantes des pirates. Au-dessus, les nuages. De temps à autres, le ronflement d'un avion.

A midi, Simon calcula qu'il lui restait cinq ou six lieues à faire et qu'ainsi ils pourraient atteindre Dieppe avant la nuit. Dolorès, qui avait mis pied à terre et marchait comme lui, déclara :

« Nous, oui, nous arriverons... Le cheval, non. Il tombera auparavant.

— N'importe ! dit Simon. L'essentiel est que nous arrivions. »

Le roc se mêlait maintenant à des parties de sable où reparurent les traces de pas, entre autres, les traces de deux chevaux qui allaient à leur rencontre le long du câble.

« Nous n'avons pourtant pas croisé de cavaliers, observa Simon. Qu'en pensez-vous ? »

Elle ne répondit pas, mais, un peu plus tard, comme ils parvenaient au haut d'une pente, elle lui montra une large rivière qui se mêlait à l'horizon et leur barrait le passage. De plus près, ils virent qu'elle coulait de leur droite à leur gauche, et, de plus près encore, elle leur rappela celle qu'ils avaient quittée le matin. Même couleur, mêmes rives, mêmes courbes. Déconcerté, Simon examina les environs afin de découvrir quelque chose qui différât : le paysage se reconstituait identique, dans son ensemble comme dans ses détails.

« Qu'est-ce que cela signifie ? murmura Simon. Il y a là un mirage inexplicable... car enfin, il est impossible d'admettre que nous avons pu nous tromper... »

Mais les preuves de l'erreur commise se multipliaient. La piste des deux chevaux les ayant éloignés du câble, ils descendirent jusqu'à la berge du fleuve, et là, sur une esplanade marquée par les vestiges d'un campement, ils durent reconnaître l'endroit où ils avaient passé la nuit précédente !

Ainsi, par une distraction funeste, à la suite de l'attaque des Indiens et de la mort du jeune Mazzani, tous deux troublés, désorientés, s'en rapportant à la seule indication qu'ils eussent eue jusqu'alors, ils avaient rejoint le câble sous-marin, et, quand ils s'étaient remis en route, rien, aucun point de repère, ne leur avait révélé qu'ils le suivaient à contresens, qu'ils refaisaient le chemin déjà fait, et qu'ils s'en retournaient, après un effort épuisant et stérile, vers le lieu même qu'ils avaient quitté quelques heures auparavant !

Simon eut un moment de défaillance. Ce qui n'était qu'un retard fâcheux prit à ses yeux l'importance d'un événement irréparable. Le cataclysme du 4 juin avait rejeté ce coin du monde en pleine barbarie, et il fallait pour lutter contre les obstacles des qualités qui n'étaient pas les siennes. Alors que les rôdeurs et les irréguliers se trouvaient du coup adaptés à ce nouvel état de choses, lui, il cherchait vainement des solutions aux problèmes que lui posaient des circonstances exceptionnelles. Où aller ? Que faire ? Contre qui se défendre ? Comment secourir Isabel ?

Aussi perdu sur la terre nouvelle qu'il l'eût été dans l'immensité de la mer, il remonta le cours du fleuve, en suivant d'un œil distrait la trace de deux pistes qui marquaient le sable, humide à certaines places. Il reconnaissait les empreintes laissées par les sandales de Dolorès.

« Inutile d'aller de ce côté, dit-elle, ce matin j'ai exploré tous ces terrains environnants. »

Il continua, cependant, contre le gré de la jeune femme, et sans autre but que celui d'agir et de se mouvoir. Et ainsi, au bout d'un quart d'heure, il aboutit à un endroit où la berge était piétinée, et boueuse comme les bords d'une rivière, au sortir d'un gué.

Il s'arrêta soudain. Des chevaux avaient passé par là. On voyait la marque de leurs sabots.

« Oh ! fit-il avec stupeur, voici la piste de Rolleston !... Voici le dessin très net de ses semelles en caoutchouc ! Est-ce possible !... »

Presque aussitôt son enquête se précisa. Cinquante mètres plus haut, il y avait toutes les traces encore fraîches d'un campement, et Simon prononça :

« Evidemment... Evidemment... C'est ici qu'ils ont abordé hier soir. Comme nous, ils avaient dû fuir devant la crue soudaine des eaux, et, comme nous, ils ont campé sur le revers d'une colline. Ah ! ajouta-t-il avec désespoir, nous n'étions pas séparés d'eux par plus de mille ou douze cents mètres ! Nous aurions pu les surprendre en plein sommeil ! N'est-ce pas effroyable de penser que rien ne nous a avertis... et qu'une pareille occasion... »

Il s'était accroupi, se pencha, et, durant quelques minutes, examina le sol. Puis il se releva, ses yeux rencontrèrent ceux de Dolorès, et il lui dit à voix basse :

« Il y a une chose extraordinaire... Comment expliquez-vous ?... »

Le visage brun de la jeune femme s'était empourpré de sang, et d'avance il vit qu'elle devinait ce qu'il allait lui dire :

« Vous êtes venue ici, ce matin, Dolorès, pendant que je dormais, plusieurs fois vos pas recouvrent ceux de vos ennemis, ce qui prouve que vous êtes venue après leur départ. Pourquoi ne m'avez-vous rien dit ? »

Elle se taisait, les yeux toujours fixés sur Simon, son visage grave animé d'une expression où il y avait du défi et de la crainte. Brusquement, Simon lui empoigna la main.

« Mais alors... mais alors... vous saviez la vérité ! Dès ce matin, vous saviez qu'ils s'étaient éloignés le long du fleuve... Tenez... par là... on voit leurs pistes qui s'en vont vers l'Orient... Et vous ne m'avez rien dit ? Bien plus... Mais oui... le câble, c'est vous qui me l'avez indiqué... C'est vous qui m'avez lancé dans la direction du Sud... vers la France... Et c'est à cause de vous que nous avons perdu presque une journée ! »

Tout contre elle, ses regards mêlés aux siens, tenant entre ses doigts les doigts de la jeune femme, il reprit :

« Pourquoi avez-vous fait cela ? c'est une trahison qui n'a pas de nom... Dites, pourquoi ? Vous n'ignorez pas que j'aime Miss Bakefield, et qu'elle court le danger le plus terrible, et qu'une journée perdue, c'est pour elle le déshonneur, la mort... Alors. »

Il garda le silence. Il sentait que sous son apparence, impassible comme d'habitude, la jeune femme était bouleversée d'émotion, et qu'il la dominait de toute sa puissance d'homme. Les genoux de Dolorès fléchissaient. Il n'y avait plus en elle que soumission et que douceur, et nulle réserve ne pouvant, dans les circonstances exceptionnelles où ils se trouvaient, atténuer ses aveux et entraver son élan, elle murmura :

« Pardonnez-moi... Je ne me suis pas rendu compte, et n'ai pensé qu'à vous... à vous et à moi... Oui, dès le premier instant de notre rencontre, l'autre jour, j'ai été entraînée par un sentiment plus fort que tout... Je ne sais pas pourquoi... C'est votre façon d'agir... votre délicatesse, lorsque vous avez jeté votre veste sur mes épaules... Je ne suis pas accoutumée à ce qu'on me traite ainsi... Vous m'avez semblé différent des autres... Le soir, au Casino, votre triomphe m'a grisée... Et, depuis, toute ma vie s'en va vers vous... Je n'ai jamais éprouvé cela... Les hommes... les hommes sont durs avec moi... violents... terribles... ils me poursuivent comme des brutes... je les déteste... Vous... vous... c'est autre chose... Je me sens auprès de vous comme une esclave... Je voudrais vous plaire... Chacun de vos gestes me ravit... Près de vous, je suis heureuse comme je ne l'ai jamais été au monde... »

Elle se tenait inclinée devant lui et baissait la tête. Simon demeurait confondu devant l'expression de cet amour spontané, que rien ne lui avait laissé prévoir, et qui était à la fois si humble et si ardent. Il en était offensé, dans sa tendresse pour Isabel, comme s'il eût commis une faute en écoutant la jeune femme. Cependant elle lui parlait si doucement, et c'était si étrange de voir cette belle et fière créature se courber avec un tel respect, qu'il ne pouvait se défendre d'une certaine émotion.

« J'aime une autre femme, répéta-t-il pour bien dresser entre eux l'obstacle de cet amour, et rien ne peut nous séparer, elle et moi.

— Oui, dit-elle. Tout de même j'espérais... je ne sais pas quoi... Je n'avais pas de but... Je voulais seulement que nous soyons seuls, tous deux, le plus longtemps possible. Maintenant c'est fini. Je vous le jure... Nous rejoindrons Miss Bakefield... Laissez-moi vous conduire... il me semble que je saurai mieux que vous... »

Etait-elle sincère ? Comment allier cette offre de dévouement avec la passion qu'elle avait confessée ? Il le lui dit

— Qui me prouve ?...

— Qui vous prouve ma loyauté ? dit-elle. L'aveu complet du mal que j'ai fait et que je veux réparer. Ce matin, quand je suis venue, seule, ici, j'ai cherché à terre, un peu partout, s'il ne restait rien qui pût nous renseigner, et j'ai fini par découvrir, sur le bord de cette pierre, un bout de papier sur lequel on avait écrit...

— Vous l'avez ? s'écria Simon vivement. Elle a écrit ? Miss Bakefield, n'est-ce pas ?

— Oui.

— A mon adresse, évidemment ? reprit Simon avec une excitation croissante.

— Il n'y a pas d'adresse. Mais ces lignes en effet, furent écrites pour vous, comme celles d'hier. Les voici... »

Elle tendit un morceau de papier, humide et froissé où il put lire, griffonnés à la hâte, ces mots, de l'écriture d'Isabel

« *Direction Dieppe abandonnée. Ils ont entendu parler d'une source d'or... Une vraie source jaillissante, paraît-il. Nous allons de ce côté. Aucune inquiétude pour le moment.* »

Et Dolorès ajouta :

« Ils sont partis avant même le lever du jour en remontant le fleuve. Si ce fleuve est bien la Somme, nous devons supposer qu'ils l'ont traversé quelque part, ce qui les a ralentis. Donc, nous les retrouverons, Simon. »

III

CÔTE À CÔTE

EXTÉNUÉ, le cheval ne pouvait plus leur rendre aucun service. Ils durent l'abandonner, après avoir vidé les sacoches et repris la couverture que Dolorès enroula autour d'elle comme un manteau de soldat.

Ils repartirent. Désormais, la jeune femme dirigeait la poursuite. Simon, rassuré par la lettre d'Isabel, se laissait conduire, et vingt fois il fut à même de constater la clairvoyance de Dolorès, la précision de ses jugements ou de ses intuitions.

Alors, moins soucieux, se sentant compris, il parla davantage et s'abandonna comme la veille aux élans d'enthousiasme qu'éveillait en lui le miracle de ce monde nouveau. Rives encore indécises, fleuve hésitant, couleurs changeantes de l'eau. Formes variables des vallons et des sommets, lignes à peine plus indiquées qu'un visage d'enfant, tout lui fut, pendant une heure ou deux, motif d'exaltation et d'émerveillement.

« Regardez, regardez, s'écriait-il, on dirait que les paysages sont étonnés d'apparaître en plein jour. Ecrasés jusqu'ici sous la mer, ensevelis dans les ténèbres, la lumière semble les embarrasser. Il faut que chaque chose apprenne à se tenir, à conquérir sa place, à s'adapter aux conditions différentes de l'existence, à se plier à d'autres lois, à se modeler d'après d'autres volontés, à vivre enfin sa vie de chose terrestre. Elle fera connaissance avec le vent, avec la pluie, avec le froid, avec l'hiver et avec le printemps, avec le soleil, le beau et magnifique soleil, qui la fécondera et tirera d'elle tout ce qu'elle peut donner en apparence, en couleur, en utilité, en agrément et en beauté. C'est un univers qui se crée sous nos yeux. »

Dolorès écoutait avec une expression charmée, où se marquait le grand plaisir qu'elle avait à ce que Simon parlât pour elle. Et, à son insu, il devenait cependant plus attentif et plus aimable. La compagne à laquelle le hasard l'avait associé prenait peu à peu figure de femme. Parfois il pensait à cet amour qu'elle lui avait révélé, et il se demandait si, en affectant de se dévouer, elle ne cherchait pas surtout à rester près de lui, et à profiter des circonstances qui les réunissaient. Mais il était si certain de sa propre force et si bien protégé par Isabel, qu'il ne se souciait guère de démêler les secrets de cette âme mystérieuse.

Trois fois, au milieu de la nuée des rôdeurs qui venaient se heurter à la barrière du fleuve, trois fois ils assistèrent à des luttes sanglantes. Deux hommes et une femme tombèrent sans que Simon tentât de les défendre ou de châtier les coupables.

« C'est la loi du plus fort, disait-il. Pas de gendarmes ! Pas de juges ! Pas de bourreaux ! Pas de guillotine ! Alors, pourquoi se gêner ? Toutes les acquisitions sociales et morales, toutes les subtilités de la civilisation, tout cela s'évanouit instantanément. Il reste les instincts primordiaux qui sont d'abuser de la force, de prendre ce qui ne vous appartient pas, et, dans un mouvement de colère ou de convoitise, de tuer. Qu'importe ! Nous sommes à l'époque des cavernes. Que chacun se débrouille ! »

Des chants s'élevèrent en avant d'eux, comme si

le fleuve en eût transmis l'écho sonore. Ils tendirent l'oreille. C'étaient des chants de la campagne française, que l'on modulait d'une voix traînante, sur un rythme de mélopée. Le bruit s'en rapprocha. Du rideau des brumes se dégagea une grande barque, chargée d'hommes, de femmes et d'enfants, de paniers et de meubles, et qui filait sous l'effort puissant de six avirons. Matelots émigrés, en quête de rivages nouveaux où ils rebâtiraient leurs maisons.

« France ? cria Simon, quand ils passèrent.

— Cayeux-sur-Mer, répondit l'un des chanteurs.

— Alors, c'est bien la Somme, cette rivière ?

— C'est la Somme.

— Pourtant, elle va vers le Nord.

— Oui, mais il y a un tournant brusque à quelques lieues d'ici.

— Vous avez dû croiser une troupe de gens qui emmenaient un vieillard et une jeune fille attachés sur des chevaux.

— Rien vu de cela », affirma l'homme.

Il se remit à chanter. Des voix de femmes l'accompagnaient en chœur, et la barque s'éloigna.

« Rolleston aura bifurqué vers la France, conclut Simon Dubosc.

— Impossible, objecta Dolorès, puisque son but est maintenant cette source d'or dont on lui a parlé.

— En ce cas, que sont-ils devenus ? »

La réponse à cette question leur fut donnée après une heure de marche pénible sur un sol fait de coquilles brisées, des milliards de ces coquilles de mollusques avec lesquelles les siècles pétrissent et façonnent les plus hautes falaises. Cela craquait sous les pieds et ils enfonçaient quelquefois plus haut que les chevilles. Certaines places, durant des centaines de mètres, étaient recouvertes d'une couche de poissons morts que l'on était contraint de fouler, et qui formaient une bouillie de chair décomposée d'où s'élevait une odeur intolérable.

Mais une pente de terrain durci les conduisit sur un promontoire plus accidenté qui surplombait le fleuve. Là, une douzaine d'hommes déjà grisonnants, vêtus de haillons et repoussants de saleté, la figure mauvaise et le geste brutal, dépeçaient le cadavre d'un cheval dont ils faisaient griller les morceaux au-dessus d'un maigre feu alimenté de planches mouillées. Ce devait être un groupe de chemineaux associés pour le grand pillage. Un chien de berger les accompagnait. L'un d'eux raconta qu'il avait vu, dès le matin, une bande de gens armés qui traversaient la Somme, en utilisant une lourde épave échouée au milieu du fleuve et à laquelle ils avaient accédé par un pont fragile jeté en hâte.

« Tenez, dit-il, le voilà qui s'amorce au bout de la falaise. C'est là-dessus qu'il ont fait glisser la jeune fille en premier, et puis le vieux qui était attaché.

— Mais, demanda Simon, les chevaux n'ont pas passé par là ?

— Les chevaux ? ils étaient claqués... Alors ils les ont lâchés. Deux de mes camarades en ont pris trois et sont repartis en France avec... S'ils arrivent ils auront de la veine. Le quatrième, il est à la broche, on le boulotte... Faut bien manger !

— Et ces gens, reprit Simon, où allaient-ils ?

— Ramasser de l'or. Ils parlaient d'une source qui roulait des pièces d'or... de véritables pièces.... Nous aussi, nous irons. Ce qui nous manque, ce sont des armes... des armes sérieuses. »

Les chemineaux s'étaient levés et, par une manœuvre qu'ils n'avaient même pas eu besoin de concerter, entouraient Dolorès et Simon. Celui qui avait parlé posa la main sur le fusil du jeune homme.

« A la bonne heure ! une arme comme ça, c'est commode en ce moment... surtout pour défendre un portefeuille qui doit être bourré... Il est vrai, ajouta-t-il d'un ton menaçant, que les camarades et moi, nous avons, pour causer de tout ça, nos bâtons et nos couteaux.

— Un revolver vaut mieux », dit Simon en tirant le sien de sa poche. Le cercle des chemineaux s'ouvrit.

« Halte-là, hein ? leur dit-il. Celui qui fait mine d'avancer, je l'abats. »

A reculons et tout en tenant son arme braquée, il entraîna Dolorès vers l'extrémité du promontoire. Les chemineaux n'avaient pas bougé.

« Allons, murmura Simon, nous n'avons rien à craindre d'eux. »

Le bateau, complètement retourné, massif et trapu comme une carapace de tortue, barrait la seconde moitié du fleuve. En coulant, il avait jeté sur le versant toute une cargaison de planches et de madriers, pourris maintenant, mais encore assez bons pour que la bande de Rolleston eût pu établir au-dessus du bras de la rivière une passerelle longue d'une douzaine de mètres.

Dolorès et Simon la franchirent vivement. Il leur fut ensuite facile de suivre le dos presque plat de la carène et de se laisser glisser par la chaîne de l'ancre. Mais au moment où Dolorès touchait le sol, un choc violent heurta la chaîne qu'elle n'avait pas encore lâchée, et une détonation retentit sur l'autre rive.

« Ah ! dit-elle, j'ai de la chance, la balle a frappé l'un des anneaux. »

Simon s'était retourné. En face d'eux, les chemineaux s'aventuraient un à un vers la passerelle.

« Mais qui a donc tiré ? » demanda-t-il, ces bougres-là n'ont pas de carabine.

Dolorès le poussa brusquement de manière qu'il fût protégé par la masse de l'épave.

« Qui a tiré ? dit-elle. Forsetta ou Mazzani.

— Vous les avez vus ?

— Oui, en arrière du promontoire. Il leur a suffi de quelques mots, vous comprenez bien, pour s'entendre avec les chemineaux, et pour les décider à nous attaquer. »

Tous deux coururent de l'autre côté de la quille. De là ils découvraient toute la passerelle et se trouvaient à l'abri des tireurs. Simon épaula.

« Feu ! » cria Dolorès, voyant qu'il hésitait.

Le coup partit. Le premier des chemineaux tomba. Il hurlait de douleur et se tenait la jambe. Les autres refluèrent en le traînant, et il n'y eut plus personne sur le promontoire. Seulement, s'il était interdit aux chemineaux de se risquer sur la passerelle, il n'était pas moins dangereux pour Dolorès et pour Simon de quitter la zone de protection formée par l'épave. Aussitôt visibles, ils s'exposaient aux balles de Forsetta et de Mazzani.

« Attendons la nuit », décida Dolorès.

Durant des heures, le fusil en main, ils surveillèrent le promontoire où souvent se dressait un buste et gesticulaient des bras, et d'où plusieurs fois aussi pointa le canon d'une carabine dont la menace les obligeait à se dissimuler. Puis, aussitôt que l'ombre fut assez épaisse, ils repartirent après avoir acquis la certitude que la piste de Rolleston continuait à remonter la Somme.

Ils avançaient vite, ne doutant pas que les deux Indiens et les chemineaux ne se missent à leur poursuite. De fait, ils entendaient leurs voix au-dessus du fleuve, et ils virent, sur la même rive qu'eux, des lueurs fugitives.

« Ils savent bien, disait Dolorès, que Rolleston a pris cette direction, et que, nous qui le cherchons, nous ne pouvons pas nous écarter. »

Après deux heures de marche à tâtons, où les guidait de temps à autre le vague miroitement du fleuve, ils atteignirent une sorte de chaos isolé que Simon éclaira furtivement de sa lampe électrique. C'étaient d'énormes pierres de taille coulées avec quelques péniches, et qui leur semblèrent des blocs de marbre. L'eau en baignait une partie.

« Je crois, dit Simon, que nous pouvons nous arrêter là, au moins jusqu'à l'aube.

— Oui, dit-elle, à l'aube vous repartirez. »

Il fut surpris de cette réponse et observa :

« Mais vous aussi, je suppose, Dolorès ?

— Certes, mais ne vaut-il pas mieux que nous nous séparions ? Bientôt la piste de Rolleston s'écartera du fleuve, cela vous retardera de la suivre et de la relever, et Forsetta vous rejoindrait inévitablement si je ne le détourne pas sur une autre piste. »

Simon ne comprenait pas bien le plan de la jeune femme. Il lui dit :

« Alors, vous, Dolorès, que deviendrez-vous ?

— J'irai de mon côté et je les entraînerai certainement après moi, puisque c'est moi qu'ils recherchent.

— Mais, en ce cas, vous tomberez au pouvoir de Mazzani, qui veut venger la mort de son frère, au pouvoir de Forsetta.

— Je leur échapperai.

— Et toutes les brutes qui pullulent dans ces régions, leur échapperez-vous aussi ?

— Il ne s'agit pas de moi, mais de vous qui devez rejoindre Rolleston. Je suis un obstacle à vos efforts. Séparons-nous.

— Mais nullement, protesta Simon. Nous n'avons pas le droit de nous séparer, et vous pouvez être sûre que je ne vous abandonnerai pas. »

La proposition de Dolorès intrigua vivement Simon. A quel mobile obéissait la jeune femme ? Pourquoi lui offrait-elle de se sacrifier ? Dans le silence et dans l'ombre, il songea longtemps à elle et à l'extraordinaire aventure qu'ils vivaient. Lancé à la poursuite de la femme qu'il aimait, voilà qu'il se trouvait lié par les événements à une autre femme, dont le salut dépendait du sien et dont la destinée était unie étroitement à la sienne, il ne connaissait d'elle que la beauté de son visage et l'harmonie de ses formes. Il lui avait sauvé la vie, et il savait à peine son nom. Il la protégeait et la défendait, et toute son âme lui demeurait cachée.

Il sentit qu'elle se glissait auprès de lui. Puis il entendit ces paroles qu'elle prononçait à voix basse

« C'est pour m'arracher à Forsetta, n'est-ce pas, que vous refusez mon offre ?...

— Certes, dit-il, il y a là un danger abominable... »

Elle reprit, plus bas encore, et sur un ton de confession

« Il ne faut pas que la menace d'un Forsetta influe sur votre conduite... Ce qui peut m'arriver n'a pas beaucoup d'importance... Sans connaître ma vie, vous pouvez imaginer ce qu'était la petite vendeuse de cigarettes qui traînait dans les rues de Mexico, et, plus tard, qui dansait dans les bars de Los Angeles.

— Taisez-vous, dit Simon, en lui mettant la main sur la bouche. Il ne doit pas y avoir de confidences entre nous. »

Elle insista :

« Pourtant, vous le savez bien, Miss Bakefield court le même danger que moi. En restant auprès de moi, c'est elle que vous sacrifiez.

— Taisez-vous, répéta-t-il avec colère. J'agis selon mon devoir en ne vous abandonnant pas, et Miss Bakefield, elle-même, ne me pardonnerait pas d'agir autrement. »

Il était irrité contre la jeune femme, devinant qu'elle se croyait victorieuse d'Isabel, et que, cette victoire, elle avait voulu l'affirmer en prouvant à Simon qu'il eût dû la quitter.

« Non, non, se disait-il, ce n'est pas pour elle que je reste. Je reste par devoir. Un homme n'abandonne pas une femme, en pareil cas. Mais peut-elle comprendre cela ? »

Vers minuit, ils durent quitter leur refuge que l'eau de la rivière envahissait sournoisement et s'étendre plus haut sur la grève.

Aucun autre incident ne troubla leur sommeil. Mais le matin, alors que les ténèbres n'étaient pas entièrement dissipées, ils furent réveillés par des aboiements sourds. Un chien bondissait vers eux avec une telle rapidité que Simon n'eut que le temps de sortir son revolver.

« Ne tirez pas », s'écria Dolorès, le couteau à la main.

Il était trop tard. La bête fit une culbute, eut

quelques convulsions, et demeura inerte. Dolorès se baissa et conclut

« Je le reconnais, c'est le chien des chemineaux. Ils sont sur notre piste. Le chien a pris les devants.

— Mais notre piste est impossible à suivre. On y voit à peine.

— Forsetta et Mazzani ont leurs lampes comme vous. En outre, la détonation les a renseignés.

— Alors, fuyons le plus vite possible, proposa Simon.

— Ils nous rejoindront... à moins que vous ne renonciez à retrouver Rolleston. »

Simon empoigna son fusil.

« C'est vrai. Il n'y a donc plus qu'à les attendre ici, et à les démolir les uns après les autres.

— Certes, dit-elle. Par malheur...

— Par malheur ?

— Hier, après avoir tiré sur les chemineaux, vous n'avez pas rechargé votre fusil ?

— Non, mais ma ceinture de cartouches est sur le sable, à l'endroit où j'ai dormi.

— La mienne également, toutes deux couvertes par l'eau qui a monté. Il ne reste donc plus que les six balles de votre browning. »

IV

LA BATAILLE

Au fond leur chance de salut la plus certaine eût été de plonger dans le fleuve et de fuir par la rive gauche. Mais cette décision, qui les éloignait de Rolleston, et que Simon ne voulait prendre qu'à la dernière extrémité, Forsetta avait dû la prévoir, car, aussitôt que le jour fut assez clair, ils aperçurent de l'autre côté deux chemineaux qui remontaient la Somme. Dans ces conditions comment aborder ?

Peu après, ils virent que leur retraite était connue, et que l'ennemi mettait à profit leurs hésitations. Sur la même rive qu'eux, à cinq cents mètres en aval, se dressait le canon d'un fusil. En amont, même menace.

« Forsetta et Mazzani, déclara Dolorès. Nous sommes cernés à droite et à gauche.

— Mais devant nous il n'y a personne.

— Si, les autres chemineaux.

— Je ne les vois pas.

— Ils y sont, croyez-le bien, dissimulés et bien à l'abri.

— Courons sur eux et passons.

— Pour cela, il faut traverser un espace nu, sous les feux croisés de Mazzani et de Forsetta. Ce sont de bons tireurs. Ils ne nous manqueront pas.

— Alors ?

— Alors défendons-nous ici. »

Le conseil était bon. La cargaison des blocs de marbre, entassés pêle-mêle comme les cubes d'un jeu d'enfant, constituait une véritable forteresse. Dolorès et Simon, l'ayant escaladée, choisirent, au faîte, un réduit protégé de tous côtés et d'où les moindres mouvements de leurs ennemis étaient visibles.

« Ils avancent », affirma Dolorès, après un examen attentif.

Le fleuve avait déposé le long de la berge des troncs d'arbres et d'énormes racines, venus on ne sait d'où, et qu'utilisèrent Mazzani et Forsetta pour se rapprocher. En outre, à chaque bond en avant, ils se garantissaient à l'aide de larges planches qu'ils emportaient avec eux. Et Dolorès fit remarquer à Simon que d'autres choses se déplaçaient également dans la plaine nue, d'autres boucliers formés de toutes sortes de matériaux recueillis, rouleaux de cordages, débris de barques, morceaux de pontons, plaques de chaudières. Tout cela glissait insensiblement, à l'allure pesante et sûre de tortues se dirigeant vers le même but, selon le rayon qui conduisait au centre. Le centre, c'était la forteresse. Sous les ordres de Mazzani et de Forsetta les chemineaux l'investissaient. De temps en temps passait une jambe ou une tête.

« Ah ! dit Simon avec un accent de rage, si j'avais seulement quelques balles, comme j'arrêterais cette invasion de cloportes ! »

Dolorès avait disposé les deux carabines inutiles dans l'espoir que leur menace intimiderait l'ennemi. Mais, devant l'inaction des assiégés, la confiance des agresseurs augmentait. Peut-être même les deux Indiens avaient-ils éventé la ruse, car ils ne prenaient guère la peine de se dissimuler.

Pour montrer son adresse, l'un d'eux (Forsetta, déclara Dolorès) abattit d'un coup de feu une mouette qui suivait le cours du fleuve.

Mazzani lui donna la réplique. Un aéroplane dont le ronflement se rapprochait, et qui certes volait plus bas que les autres, sembla soudain tomber des nuages, et silencieusement, en vol plané, franchit le fleuve au-dessus des blocs de marbre. Quand il fut à sa hauteur, Mazzani épaula et visa lentement. Le coup partit. L'avion touché piqua de l'avant, pencha alternativement des deux côtés, à croire qu'il allait chavirer, et s'éloigna pour disparaître en zigzaguant comme un oiseau blessé.

Et, tout de suite, Simon ayant sorti la tête, deux balles tirées par les deux Indiens vinrent ricocher sur la paroi de pierre voisine et soulevèrent quelques éclats.

« Ah ! je vous en prie, implora Dolorès, ne faites pas d'imprudence. »

Une goutte de sang coulait sur le front du jeune homme. Elle l'étancha doucement avec son mouchoir, tout en murmurant :

— Vous, voyez, Simon... ces gens-là auront raison de nous... Et vous refusez toujours de me quitter ? Vous risquez votre vie, alors que rien ne peut changer le dénouement ? »

Il la repoussa d'un geste brusque.

« Ma vie n'est pas en jeu... La vôtre non plus... Jamais cette poignée de misérables n'arrivera jusqu'à nous. »

Il se trompait. Certains des chemineaux n'étaient pas à quatre-vingts mètres de distance. On les entendait parler entre eux, et leurs âpres figures aux poils gris jaillissaient hors des boucliers comme des têtes de diable qui giclent d'une boîte.

Forsetta leur criait ses ordres :

« Avancez !... Rien à craindre !... Ils n'ont pas de munitions... Avancez donc ! les poches du Français sont bourrées de billets ! »

Tous à la fois, les sept chemineaux se mirent à courir. Vivement Simon braqua son revolver et tira. Ils s'arrêtèrent. Aucun d'eux n'avait été touché. Forsetta triompha.

« Ils sont perdus !... Rien que des balles de browning ne portant pas ! A l'assaut ! »

Lui-même, tout en se couvrant d'une plaque de tôle, il approchait en hâte. Mazzani et les chemineaux formèrent le cercle à trente ou quarante mètres.

« Préparez-vous, hurla Forsetta. Le couteau au poing !... »

Dolorès fit remarquer à Simon qu'ils ne devaient pas rester dans leur observatoire, la plupart des ennemis pouvant gagner, sans être vus, le pied de la forteresse et s'infiltrer entre les blocs de marbre. Ils se laissèrent glisser par un intervalle qui formait comme une cheminée du haut en bas.

« Les voilà !... les voilà ! fit Dolorès. Il faut tirer... Tenez, il y a une fissure. »

Par cette fissure Simon avisa deux grands démons qui marchaient en avant des autres. Une double détonation retentit. Les deux grands démons tombèrent. Une seconde fois, la horde s'arrêta, hésitante.

Dolorès et Simon en profitèrent pour se réfugier tout au bord du fleuve. Trois blocs isolés constituaient une sorte de guérite que précédait un espace vide.

« A l'assaut ! cria Forsetta en rejoignant les hommes. Ils sont traqués. Mazzani et moi, nous les tenons au bout de nos fusils. Si le Français bouge, nous l'abattons. »

Pour soutenir le choc, Simon et Dolorès avaient dû se lever et se découvrir à moitié. Effrayée par la menace de l'Indien, Dolorès se jeta devant Simon et lui fit un rempart de son corps.

« Halte ! ordonna Forsetta, retenant l'élan de

ses hommes. Et toi, Dolorès, lâche donc ton Français. Allons, la vie sauve pour lui si tu l'abandonnes ! Qu'il s'en aille ! c'est à toi que j'en ai. »

Simon saisit la jeune femme de son bras gauche et l'attira violemment.

« Pas un geste, dit-il. Je vous défends de me quitter. Je réponds de vous. Moi vivant, ces misérables ne vous auront pas. » Et la jeune femme serrée contre lui, au creux de son épaule, il tendit le bras droit.

« Bravo, monsieur Dubosc ! ricana Forsetta. Il paraît qu'on s'est offert la belle Dolorès et qu'on y tient. Ces Français, toujours les mêmes. Des chevaliers ! »

D'un geste, il ramassa les chemineaux en vue de l'attaque suprême.

« Allons, camarades ! encore un effort, et tous les billets sont pour vous. Mazzani et moi, on se réserve la petite. Tu y es, Mazzani ? »

Tous ensemble, ils se ruèrent. Tous ensemble, sur un ordre de Forsetta, ils lancèrent comme des projectiles les morceaux de bois et de fer avec lesquels ils s'étaient garantis. Dolorès ne fut pas atteinte, mais Simon, frappé au bras, lâcha son browning au moment même où il venait de tirer et d'abattre Mazzani. Un des chemineaux sauta sur l'arme qui avait roulé, tandis que Forsetta engageait la lutte avec Dolorès, évitant le poignard de la jeune femme et la ceinturant de ses deux bras.

« Ah ! Simon, je suis perdue », balbutia-t-elle, essayant de s'accrocher à lui.

Mais Simon avait affaire aux cinq chemineaux. Sans armes, n'ayant que ses pieds et ses poings, trois fois il essuya le feu de celui qui avait ramassé le browning et qui tira maladroitement les dernières balles. Sous le poids des autres brutes, il fléchit un instant et fut renversé. Deux d'entre eux le saisirent aux jambes. Deux autres cherchèrent à l'étreindre à la gorge, pendant que le cinquième le visait toujours de son revolver vide.

« Simon, sauvez-moi... Sauvez-moi », cria Dolorès que Forsetta emportait enveloppée dans une couverture et liée par une corde.

Il se raidit désespérément, échappa durant quelques secondes à ses agresseurs et, avant qu'ils eussent eu le temps de reprendre le contact, sous l'impulsion d'une idée subite, il leur jeta son portefeuille en proférant

« Bas les pattes, gredins ! Partagez-vous ça. Trente mille... »

Les liasses de billets avaient sauté du maroquin et s'éparpillaient sur le sol. Les chemineaux n'hésitèrent pas. Ils se jetèrent à plat ventre, laissant le champ libre à Simon.

A cinquante mètres de là, Forsetta fuyait, sa proie chargée sur l'épaule. Il suivait le fleuve. Plus loin, les deux chemineaux, postés sur l'autre rive, traversaient à l'aide d'un radeau qu'ils avaient trouvé et de deux perches en guise de rames. Si Forsetta les rejoignait, c'était le salut pour lui.

« Il n'arrivera pas », se dit Simon, en mesurant le terrain du regard.

D'un geste, il arracha le couteau d'un de ses agresseurs et se mit à courir.

Forsetta, qui le croyait toujours aux prises avec les chemineaux, ne se pressait point. Il avait pour ainsi dire enroulé Dolorès autour de son cou en lui rabattant les jambes, la tête et les bras devant lui, et en les écrasant contre sa poitrine avec ses bras noués et avec son fusil. Il cria aux deux rameurs pour les stimuler.

« Voici la petite !... C'est ma part... Vous aurez ses bijoux... »

Les deux hommes l'avertirent

« Attention ! »

Il se retourna, vit Simon à vingt pas de lui, et, d'un coup d'épaule, voulut jeter Dolorès à terre comme un fardeau dont on se débarrasse. La jeune femme tomba, mais elle avait manœuvré de telle façon, sous la couverture qui la paralysait, qu'au moment de tomber elle tenait à pleine main le canon du fusil et que, dans sa chute, elle entraîna l'Indien.

Les quelques secondes qu'il fallut à Forsetta pour reprendre son arme le perdirent. Simon sauta sur lui avant qu'il pût la braquer. Il trébucha de nouveau, reçut un coup de poignard à la hanche, et ploya sur ses genoux en demandant grâce.

Simon délivra Dolorès, puis, apostrophant les deux chemineaux, qui, effrayés, sur le point d'atterrir, tâchaient de repousser le radeau, il leur commanda :

« Soignez le blessé... Il y a aussi là-bas l'autre Indien qui ne doit pas être mort. Soignez-le, vous aurez la vie sauve. »

Les autres chemineaux se dispersaient au loin, avec les billets de banque, et si rapidement que Simon renonça à la poursuite.

Ainsi il restait maître du champ de bataille. Morts, blessés ou en fuite, ses adversaires étaient vaincus. L'extraordinaire aventure se continuait, comme en pays barbare et dans le plus imprévu des décors.

Il eut la sensation profonde des minutes fabuleuses qu'il vivait, sur le sol de la Manche, entre la France et l'Angleterre, au milieu d'une contrée qui était vraiment celle de la mort, du crime, de la ruse et de la force. Et il avait triomphé !

Il ne put s'empêcher de sourire et, se tenant appuyé des deux mains sur le fusil de Forsetta, il dit à Dolorès :

« La Prairie ! La Prairie de Fenimore Cooper !... Le Far West !... Tout y est : l'attaque des Sioux, le blockhaus improvisé, l'enlèvement, le combat d'où sort vainqueur le chef des Visages Pâles... »

Elle se tenait en face de lui, toute droite. Son mince corsage de soie avait été déchiré dans la lutte et les morceaux en pendaient autour de son buste découvert. Il ajouta, la voix moins assurée :

« Et voici la belle Indienne... »

Etait-ce l'émotion, un excès de fatigue, après le long effort qu'elle avait donné ? Dolorès chancela et parut sur le point de tomber. Il la soutint dans ses bras.

« Vous n'êtes pas blessée pourtant ? dit-il.

— Non... un étourdissement... J'ai eu très peur... Et je n'aurais pas dû avoir peur, puisque vous étiez là, et que vous aviez promis de me sauver. Ah ! Simon, comme je vous remercie !

— J'ai fait ce que tout autre aurait fait, Dolorès. Ne me remerciez pas. »

Il eût voulu se dégager. Mais elle le retenait, et, après un silence, elle articula

« Celle que le chef appelle la belle Indienne avait un nom qu'on lui donnait dans son pays. Dois-je vous le dire ?

— Quel nom, Dolorès ? »

A voix basse, et sans le quitter des yeux, elle prononça :

« La Récompense-du-Chef. »

Comment n'eût-il pas pensé, au fond de lui-même, que cette magnifique créature méritait un tel surnom, qu'elle était bien la proie que l'on s'efforce de ravir, la captive que l'on sauve à tout prix, et qu'elle offrait réellement, avec ses lèvres rouges et ses épaules brunes, la plus merveilleuse des récompenses ?

Elle lui avait entouré le cou de ses deux bras, dont il sentait la caresse, et, un instant, ils restèrent ainsi, immobiles, dans l'incertitude de ce qui allait advenir. Mais l'image d'Isabel effleura le cerveau de Simon. Il se souvint du serment qu'elle lui avait demandé : « Pas une minute de défaillance, Simon. Je ne pardonnerais pas. » Il se releva, en disant :

« Reposez-vous, Dolorès, l'étape est longue encore. »

Elle se releva à son tour, et se dirigea vers le fleuve, où elle baigna son visage dans l'eau fraîche. Puis, se remettant à l'œuvre aussitôt, elle recueillit toutes les munitions et provisions qu'elle put trouver sur les blessés.

« Voilà, dit-elle, quand tout fut prêt pour le départ. Mazzani et Forsetta n'en mourront pas, mais nous n'avons plus rien à craindre d'eux. Laissons-les sous la garde des deux chemineaux. A eux quatre, ils sauront se défendre. »

Ils n'échangèrent pas d'autres paroles. Durant une heure encore, ils remontèrent le fleuve, et ils parvinrent à l'endroit où commençait la grande courbe que leur avaient annoncée les gens de Cayeux. A l'origine même de cette courbe, qui amenait directement de France les eaux de la Somme, ils relevèrent, sur une partie de sable vaseux, les traces de Rolleston. La piste continuait droit, elle, s'écartant du fleuve et persistant par conséquent dans la direction du Nord.

« La direction des sources d'or, évidemment, conclut Simon. Rolleston doit avoir au moins une journée d'avance sur nous.

— Oui, observa Dolorès, mais sa bande est nombreuse, ils n'ont plus de chevaux, et leurs deux prisonniers les ralentissent. »

Ils rencontrèrent plusieurs rôdeurs. Tous connaissaient l'étrange rumeur qui sans doute se colportait d'un bout à l'autre de la Prairie, et tous ils cherchaient la moindre source d'or. Aucun ne put donner le moindre renseignement.

Mais une vieille femme passa, sorte de mégère, claudicante, qui s'appuyait sur une canne, et portait un cabas en tapisserie d'où émergeait la tête d'un petit chien.

Le chien aboyait furieusement. La mégère chantonnait d'une petite voix aigrelette.

Dolorès l'interrogea. Elle répondit, par phrases courtes et cadencées qui semblaient une continuation de sa chanson, qu'elle marchait depuis trois jours... sans jamais s'arrêter... qu'elle avait usé ses chaussures... que quand elle était fatiguée... elle se faisait porter par son chien.

« Oui, par mon chien... reprit-elle... N'est-ce pas, mon Dick ? »

Simon murmura « Elle est folle. »

La vieille approuva de la tête, et leur dit d'un ton de confidence :

« Oui, folle... Je ne l'étais pas... mais c'est l'or... la pluie d'or qui m'a rendue folle... ça monte en l'air comme un jet d'eau... et les pièces d'or et les beaux cailloux... retombent comme une averse... Alors, on tend son chapeau ou son sac, et ça tombe dedans... J'en ai plein mon sac... Vous voulez voir ? »

Elle riait tout bas, et, les attirant tous les deux, elle saisit son chien par le cou, le jeta à terre, et entrouvrit son cabas. Puis, chantonnant de nouveau :

« Vous êtes de braves gens, n'est-ce pas ?... Aux autres je ne montrerais pas... Mais vous ne me ferez pas de mal, vous... »

Dolorès et Simon se penchaient curieusement. De ses doigts osseux la vieille souleva d'abord un tas de chiffons réservés à Dick, puis elle écarta quelques cailloux rouges et jaunes, couleur de feu. Là-dessous, il y avait toute une cachette de pièces d'or qu'elle prit à pleine poignée et qu'elle fit sonner dans le creux de sa main. C'étaient de vieilles pièces de toutes les effigies et de toutes les grandeurs.

Simon articula avec émotion :

« Elle vient de là-bas !... Elle en vient !... »

Et secouant la fille, il lui dit :

« Où est-ce ? Combien d'heures avez-vous marché ? Avez-vous vu une troupe d'hommes conduisant deux prisonniers, un vieillard et une jeune fille ? »

Mais la folle ramassait son chien et fermait son cabas. Elle ne voulait rien entendre. Tout au plus, en s'éloignant, dit-elle, sur un air de romance que le chien accompagnait de ses aboiements :

« Des cavaliers... ils galopaient... C'était hier... Une jeune fille blonde... »

Simon haussa les épaules.

« Elle divague, Rolleston n'a plus de chevaux...

— Oui, observa Dolorès, mais tout de même Miss Bakefield est blonde... »

Ils furent très étonnés de constater un peu plus loin que la piste de Rolleston se branchait sur une autre piste qui venait de France, et qui, précisément, était formée par le piétinement de chevaux nombreux — une douzaine selon l'estimation de Dolorès — et dont les empreintes étaient plus anciennes que celles des bandits. C'étaient évidemment les cavaliers aperçus par la folle.

Dolorès et Simon n'eurent plus donc qu'à suivre le chemin battu qui se déroulait devant eux sur le tapis de sable humide. La région des coquilles avait pris fin. La plaine était jalonnée de grosses roches absolument rondes, constituées par des galets agglomérés dans de la marne, boules énormes qu'avaient polies toutes les vagues de fond et tous les courants sous-marins. A la fin, elles se trouvaient si pressées les unes contre les autres qu'elles constituaient un obstacle infranchissable que les cavaliers, puis Rolleston, avaient contourné.

Lorsque Simon et Dolorès l'eurent dépassé, ils arrivèrent à une large dépression du sol, où l'on descendait par des terrasses circulaires et au fond desquelles gisaient encore quelques roches rondes.

Au milieu de ces roches, il y avait des cadavres. Ils en comptèrent cinq.

C'étaient les cadavres d'hommes jeunes, élégants de mise, chaussés de bottes à éperons. Quatre avaient été tués par des balles, le cinquième par un coup de poignard donné dans le dos entre les épaules.

Simon et Dolorès se regardèrent, puis, chacun de son côté continua son enquête...

Sur le sable traînaient des brides et une sangle, deux musettes d'avoine, des boîtes de conserves à moitié remplies, des couvertures dépliées, un réchaud à alcool.

Les poches des victimes avaient été vidées. Néanmoins, Simon trouva dans un gilet une feuille de papier, portant une liste de douze noms : Paul Cormier, Armand Darnaud, etc... que suivait cette mention : « *Equipage de chasse de la forêt d'Eu.* »

Dolorès explora les alentours immédiats. Les indices qu'elle recueillit ainsi — et les faits établis par Simon —, leur permirent de reconstituer exactement ce qui s'était passé. Les cavaliers — un groupe de chasseurs normands — ayant campé l'avant-dernière nuit à cet endroit, avaient été surpris au matin par la bande de Rolleston et massacrés pour la plupart.

Avec des gens comme eux et Rolleston, l'attaque avait nécessairement abouti à un pillage en règle, mais le but avait été surtout le vol des chevaux. Les chevaux conquis de haute lutte, les bandits s'étaient enfuis au galop.

« Il n'y a que cinq cadavres, remarqua Dolorès, et la liste comporte dix noms. Où sont les cinq autres cavaliers ? »

Simon s'écria :

« Dispersés, blessés, agonisants, que sais-je ? et nous pourrions les retrouver en fouillant les alentours. Mais cela nous est-il possible ? Avons-nous le droit de nous attarder, alors qu'il s'agit du salut de Miss Bakefield et de son père ? Pensez donc, Dolorès, Rolleston a plus de trente heures d'avance sur nous, et ses hommes et lui sont montés sur d'excellents chevaux, tandis que nous... Et puis où les rejoindre ? »

Il serra les poings avec rage.

« Ah ! si je savais où elle est, cette source d'or ! Quelle distance nous en sépare ? Une journée de marche ? Deux journées ? Quelle horreur de ne rien savoir ! et de s'en aller au hasard, dans ce pays de malédiction ! »

V

LA RÉCOMPENSE-DU-CHEF

En deux heures, ils virent au loin trois autres cadavres. Souvent des coups de feu claquaient on ne savait où. Les rôdeurs isolés devenaient rares; on rencontrait plutôt des groupements, formés par des gens de toutes classes et de toutes nationalités qui s'étaient réunis pour se défendre. Mais, dans ces groupements, des batailles éclataient, dès qu'il y avait le moindre butin, ou même la moindre espérance de butin. Aucune discipline n'était acceptée, sauf celle qui s'imposait par la force.

Lorsque l'une de ces troupes errantes semblait approcher, Simon affectait de tenir son fusil comme s'il était sur le point de l'épauler. Il n'engageait la conversation que de loin, et d'un air rébarbatif qui n'inspirait pas confiance.

Dolorès l'observait avec inquiétude, évitant de lui adresser la parole. Une seule fois elle dut lui dire qu'il se trompait de direction et lui prouver son erreur. Mais cela avait nécessité entre eux une explication qu'il écouta impatiemment, et à laquelle il mit fin en bougonnant :

« Et après ? Qu'importe que nous allions à droite ou à gauche ! Nous ne savons rien. Rien ne nous prouve que Rolleston ait emmené Miss Bakefield dans son expédition. Il l'a peut-être emprisonnée quelque part, quitte à venir reprendre sa captive... de sorte qu'à le suivre je risque de m'éloigner de Miss Bakefield. »

Cependant le besoin d'agir l'entraînait, si incertain que fût le but à atteindre. Jamais il n'eut le courage de se livrer à des investigations et de ralentir l'élan qui l'emportait.

Près de lui, le précédant même parfois, Dolorès marchait, infatigable. Elle avait retiré ses souliers et ses bas. Il voyait ses pieds nus imprimer sur le sable leur trace légère. Ses hanches se balançaient, à la façon des jeunes Américaines. Tout en elle était grâce, puissance et souplesse.

Moins distraite, prêtant plus d'attention aux choses extérieures, elle fouillait l'horizon de ses regards aigus. C'est ainsi qu'elle s'écria, en tendant la main :

« Tenez, là-bas, l'avion... »

C'était tout en haut d'une longue, longue montée de toute la plaine, à l'endroit où la brume et le sol se mêlaient d'une telle manière qu'on ne pouvait affirmer si l'avion volait dans la brume ou roulait sur le sol. On eût dit de ces bateaux à voiles suspendus aux confins de l'océan. Ce n'est que peu à peu que la réalité se dégagea; l'appareil était immobile et reposait à terre.

« Aucun doute, affirma Simon, étant donné la direction, c'est l'aéroplane qui a traversé le fleuve. Atteint par la balle de Mazzani, il est venu jusqu'ici où il a pu atterrir tant bien que mal. »

Maintenant la silhouette du pilote se distinguait, et, phénomène bizarre, il restait également immobile, assis sur son siège, la tête presque invisible derrière les épaules voûtées. Une des roues était à moitié démolie. Cependant l'appareil ne semblait pas avoir trop souffert. Mais que faisait donc cet homme qui ne bougeait pas ?

Ils appelèrent. Il ne répondit ni ne se détourna, et lorsqu'ils arrivèrent près de lui, ils virent que sa poitrine était appuyée contre le volant et que les bras pendaient de chaque côté. Au-dessous du siège, des gouttes de sang coulaient.

Simon escalada l'appareil, et déclara presque aussitôt :

« Il est mort. La balle de Mazzani l'a frappé de biais, derrière la tête... Une blessure légère, dont il ne s'est ressenti qu'à la longue, par la quantité de sang qu'il perdait sans le savoir probablement... Alors il a réussi à se poser... et puis... et puis, je ne sais pas... une hémorragie plus violente... une embolie... »

Dolorès rejoignit Simon. A eux deux ils redressèrent le cadavre. Aucun rôdeur n'avait passé par là, car ils retrouvèrent les papiers, la montre et le porte-monnaie.

L'examen des papiers n'offrit point d'intérêt. Mais la carte de route qui était fixée sur le volant, et qui représentait la Manche et les anciennes côtes, était marquée d'un point au crayon rouge, avec cette inscription : « Pluie d'or. » Simon murmura :

« Il y allait également... En France on connaît déjà la chose... Et voici la place exacte... quarante kilomètres d'ici... entre Boulogne et Hastings... non loin du banc de Bassurelle... »

Et il ajouta, en frissonnant d'espoir :

« Si je peux remettre l'appareil en marche, une demi-heure après, j'y serai moi aussi... Et je délivrerai Isabel... »

Simon se mit à l'œuvre avec une ardeur que rien ne pouvait décourager. Les blessures de l'avion n'étaient pas graves, roue et volant faussés, conduite d'essence tordue... Mais la difficulté provenait de ce que Simon ne trouva dans les caisses de réparation que des outils insuffisants et aucune pièce de rechange. Cela ne le rebuta point. Il fit des ligatures et des arrangements provisoires, se souciant peu de la solidité pourvu que l'appareil pût voler pendant le temps nécessaire.

« Il s'agit, somme toute, disait-il à Dolorès, qui l'aidait de son mieux, il s'agit d'un bond de quarante minutes, pas davantage. Si je parviens à décoller, je suis sûr de tenir. Crebleu ! j'ai fait plus difficile. »

Sa joie débordait de nouveau en paroles d'allégresse. Il chantait, riait, se moquait de Rolleston, imaginait la tête du bandit en voyant descendre du ciel cet archange impitoyable. Tout de même, et si vite qu'il travaillât, à six heures du soir, il se rendait compte qu'il n'aurait guère fini avant la nuit, et que, dans ces conditions, il valait mieux remettre le départ au lendemain. Il acheva donc les réparations et vérifia soigneusement l'appareil tandis que Dolorès s'éloignait pour préparer le campement. Lorsque vint le crépuscule, sa tâche était terminée. Heureux, souriant, il prit sur sa droite la route par laquelle il avait vu s'en aller la jeune femme.

La plaine s'abaissait subitement, après la ligne des crêtes où l'aéroplane avait échoué, et une coupure plus profonde, entre deux dunes, conduisit Simon en face d'une plaine plus basse, arrondie comme une vasque et, au creux de laquelle miroitait une eau si limpide que l'on apercevait le fond de roche noire qui la supportait.

C'était le premier paysage où Simon trouvait de la grâce et une poésie terrestre, en quelque sorte humaine, et, au bout de ce lac, il y avait la chose la plus incroyable en cette région que la mer ensevelissait encore quelques jours auparavant, une construction qui semblait élevée par la main de l'homme et qui reposait sur des piliers que l'on eût dit recouverts de fines sculptures !

Dolorès en sortit. Grande, harmonieuse, avec des gestes lents et graves, elle avança dans l'eau, parmi quelques pierres droites qui s'y baignaient, remplit un verre et, se renversant, but à petites gorgées. Près d'elle un peu de fumée, qui montait d'un vase placé au-dessus d'un réchaud, se balançait dans l'espace.

Avisant Simon, elle sourit et lui dit :

« Tout est prêt. Nous avons du thé, du pain blanc et du beurre.

— Est-ce possible ! dit-il en riant. Il y avait donc des habitants au fond de la mer et qui cultivaient le blé ?

— Non, mais il y avait quelques provisions dans le coffre de ce pauvre aviateur.

— Soit, mais cette maison, ce palais préhistorique ? »

Palais bien primitif, enceinte de grosses pierres qui s'appuyaient les unes contre les autres et sur lesquelles était posée une dalle énorme, pareille à celles qui surplombent les dolmens. Tout cela, massif, informe, avec des sculptures qui, de près, n'étaient que des milliers de trous creusés par des mollusques.

« Mollusques lithophages, dirait le père Calcaire. Mon Dieu, quelle serait son agitation devant ce vestige de demeure, qui date de milliers et de milliers de siècles et près de laquelle il y en a peut-être d'autres enfouies sous le sable... tout un village, qui sait ! Et, alors, n'est-ce pas la preuve irréfutable que cette terre était habitée avant d'être envahie par l'Océan ? N'est-ce pas le renversement de toutes les idées reçues, puisque l'apparition de l'homme serait reculée jusqu'à une époque inadmissible ? Ah ! père Calcaire, que d'hypothèses ! »

Simon n'en faisait pas, d'hypothèses. Mais si l'explication scientifique du phénomène lui importait peu, comme il en sentait l'étrangeté, et combien l'heure lui paraissait profondément émouvante ! Devant lui, devant Dolorès, surgissait une autre époque, et dans des circonstances telles qu'ils étaient tous les deux comme deux êtres de cette époque. Même désert alentour, même barbarie, mêmes dangers et mêmes embûches.

Même apaisement aussi. Au seuil du refuge, s'étendait un paysage tranquille, fait de sable, de brume et d'eau. A peine le bruit léger d'une petite rivière qui alimentait le lac se mêlait-il au silence infini.

Il regarda sa compagne. Nulle mieux qu'elle ne pouvait s'adapter au décor qui les enveloppait. Elle en avait la grâce primitive, le côté rude, un peu sauvage, et toute la poésie mystérieuse.

La nuit tendit ses voiles sur le lac et sur les berges.

« Entrons, fit-elle, quand ils eurent mangé et bu.

— Entrons », dit-il.

L'ayant précédé, elle se retourna pour lui donner la main et l'introduire dans la chambre que formait le cercle des dalles.

La lampe de Simon y était suspendue au ressaut d'une paroi. Du sable fin en tapissait le sol. Deux couvertures étaient dépliées.

Simon hésita. Dolorès le retint d'une pression plus ferme de la main, et il resta, malgré lui, dans un moment de faiblesse. Tout de suite, d'ailleurs, elle éteignit la lampe, et il eût pu croire qu'il était seul, car il n'entendit plus que le bruit infiniment doux que faisait l'eau du lac autour des pierres de la grève.

C'est alors, et alors seulement en vérité, qu'il entrevit le piège que lui tendaient les événements en le rapprochant de Dolorès depuis trois jours. Il l'avait défendue comme eût fait tout homme, et sans que la beauté de la jeune femme eût influé un seul instant sur sa décision, ou surexcité son courage. Laide ou vieille, elle eût trouvé en lui la même protection.

Maintenant, il s'en rendait compte soudain, il pensait à elle, non pas comme à une compagne d'aventure et de danger, mais comme à la plus belle et la plus tentante des créatures. Il songeait qu'elle ne dormait pas non plus, troublée comme lui, et qu'à travers l'ombre ses yeux le cherchaient. Pour peu qu'elle bougeât, son parfum, un parfum délicat dont elle imprégnait ses cheveux, se mêlait aux tièdes effluves qui flottaient dans l'air.

Elle chuchota : « Simon... Simon... »

Il ne répondit pas, le cœur serré. Elle répéta plusieurs fois le nom du jeune homme, puis, croyant sans doute qu'il dormait, elle se leva et ses pieds nus effleurèrent le sable. Elle sortit de la grotte.

Qu'allait-elle faire ? Une minute s'écoula. Il y eut un froissement d'étoffe. Puis il entendit son pas sur la grève, et presque aussitôt le bruit de l'eau qu'on agite et des gouttes qui retombent en cascade. Dans les ténèbres, Dolorès se baignait.

A peine Simon put-il discerner ensuite ce qui n'était guère plus perceptible que le glissement du cygne à la surface d'un étang. Le silence et le calme de l'eau n'en étaient pas altérés. Elle dut s'éloigner, nager plus au large, et, quand elle revint, ce fut de nouveau l'éclaboussement des gouttelettes, et de nouveau le froissement des étoffes dont elle se vêtait.

Simon se leva brusquement, avec l'intention de s'en aller avant qu'elle ne rentrât. Mais elle fut plus rapide qu'il ne prévoyait, et ils se rencontrèrent au seuil même de la grotte. Il recula, tandis qu'elle lui disait :

« Vous partiez, Simon ?

— Oui, dit-il, cherchant un prétexte... Je crains pour l'aéroplane... quelque maraudeur...

— En effet... en effet... dit-elle, avec hésitation. Mais je voudrais auparavant... vous remercier... »

Leurs voix trahissaient le même embarras et le même trouble profond. L'obscurité les cachait l'un à l'autre, mais comme Simon voyait clairement la jeune femme en face de lui !

« J'ai agi avec vous comme je le devais, affirma-t-il.

— Pas de la même façon que les autres hommes... et c'est cela qui m'a touchée... J'ai été prise dès le début. »

Peut-être eut-elle l'intuition que toute parole trop douce le blessait, car elle ne continua pas son aveu. Seulement, au bout d'un instant, elle murmura :

« C'est la dernière nuit entre nous... Après on sera séparé par toute la vie... par toutes les choses...

Alors... en passant... serrez-moi un peu contre vous... quelques secondes... »

Simon ne bougea pas. Le geste affectueux qu'elle lui demandait, il en redoutait d'autant plus le péril qu'il était ardemment désireux de s'y abandonner, et que sa volonté faiblissait sous l'assaut des pensées mauvaises. Pourquoi résister ? Ce qui eût été une faute et un crime contre l'amour en temps ordinaire, ne l'était plus en cette période bouleversée où le jeu des forces naturelles et du hasard suscitait, pendant un certain espace de temps, des conditions d'existence anormales. Baiser les lèvres de Dolorès, en ces heures-ci, était-ce plus mal que de cueillir une fleur qui s'offre à vous ?

L'ombre favorable les unissait. Ils étaient seuls au monde, tous les deux jeunes, libres. Les mains de Dolorès se tendaient désespérément. N'allait-il pas lui donner les siennes et obéir à ce vertige délicieux qui l'envahissait ?

« Simon, dit-elle d'une voix suppliante... Simon... je vous demande si peu !... Ne me refusez pas... Ce n'est pas possible que vous me refusiez, n'est-ce pas ? Quand vous risquiez votre vie pour moi, c'est qu'il y avait en vous... un sentiment... quelque chose... Je ne me suis pas trompée, n'est-ce pas ? »

Simon se taisait. Il ne voulait pas lui parler d'Isabel, et mêler le nom de la jeune fille au duel qu'ils soutenaient l'un contre l'autre.

Dolorès continuait d'implorer :

« Simon, je n'ai jamais aimé que vous... Les autres... Les autres ne comptent pas... Vous, votre regard m'a fait du bien dès la première minute... Comme du soleil dans ma vie... Alors je serais si heureuse qu'il y eût entre nous... un souvenir. Vous l'oublieriez, vous... Ça ne compterait pas... Mais, moi, ce serait ma vie changée... embellie... j'aurais la force d'être une autre femme... Je vous en prie, tendez-moi la main... Prenez-moi dans vos bras... »

Simon ne bougea point. Quelque chose de plus fort que l'élan de la tentation le retenait : la parole donnée à Isabel, son amour pour la jeune fille. L'image d'Isabel se mêlait à l'image de Dolorès, et, dans son esprit chancelant, dans sa conscience obscurcie, la lutte se poursuivait...

Dolorès attendit. Elle s'était mise à genoux et chuchotait des mots indistincts dans une langue qu'il ne comprenait pas, des mots d'appel et de passion, dont il sentait toute la détresse et qui montaient vers lui comme une prière et comme une plainte.

A la fin, elle s'abattit à ses pieds, en pleurant. Alors, il passa, sans l'effleurer...

L'air froid de la nuit lui caressa le visage. Il s'éloigna d'un pas rapide, en prononçant le nom d'Isabel, avec la ferveur d'un croyant qui récite les paroles d'une litanie.

Il retournait sur le plateau. Quand il fut près d'y arriver, il se coucha contre le talus de la dune, et longtemps encore, avant de s'endormir, il continua de songer à Dolorès comme on songe à quelqu'un qui s'efface déjà dans le souvenir. La jeune femme redevenait l'étrangère. Il ne saurait jamais pourquoi elle l'avait aimé avec tant de spontanéité et de ferveur, pourquoi, dans cette nature où l'instinct devait être si impérieux, il s'était glissé des sentiments si nobles, tant d'humilité, de dévouement et de délicatesse !

Dès les premières heures de l'aube, il vérifia une dernière fois l'appareil. Après quelques essais qui lui donnèrent bon espoir, il redescendit vers la demeure du lac. Mais il n'y trouva plus Dolorès. Durant une heure, il la chercha et l'appela vainement. Elle avait disparu sans même que ses pieds eussent laissé de traces sur le sable.

En s'élevant au-dessus des nuages, dans l'immensité d'un ciel pur, tout inondé de soleil, Simon poussa un cri de joie. La mystérieuse Dolorès ne comptait plus pour lui, et pas davantage tous les dangers bravés avec elle et tous ceux qui pouvaient le guetter. Il avait surmonté tous les obstacles. Il avait échappé à tous les pièges. Il avait remporté toutes les victoires, et la plus belle peut-être était d'avoir résisté à l'enchantement de Dolorès.

C'était fini. Isabel avait triomphé. Entre elle et lui rien ne s'interposait. Il tenait le volant bien en main. Le moteur ronflait à merveille. La carte et la boussole étaient sous ses yeux. Au point indiqué, au point exact, ni trop à droite ni trop à gauche, ni trop en avant ni trop en arrière, dans un cercle de cent mètres de rayon, il descendrait.

Le voyage ne dura certainement pas les quarante minutes qu'il avait prévues. En trente tout au plus, il effectua l'étape, sans avoir rien vu d'autre que la mer mouvante des nuages qui roulait sous lui ses vagues blanches. Il n'avait plus maintenant qu'à s'y précipiter. Il s'en rapprocha de plus en plus après avoir éteint son moteur et en décrivant de grands cercles. Des clameurs, des hurlements plutôt, s'élevaient du sol, comme si des multitudes y étaient rassemblées. Puis il entra dans la houle de brume à travers laquelle il continua de tournoyer ainsi qu'un oiseau de proie.

Il n'avait aucun doute sur la présence de Rolleston,

sur l'imminence du combat qui s'ensuivrait entre eux, sur le dénouement favorable de ce combat, et sur la libération d'Isabel. Mais il craignait l'atterrissage, écueil suprême où il pouvait échouer.

La vue du sol qui se détacha du brouillard le rassura. Un vaste espace s'étendait, presque plat, lui sembla-t-il, comme une arène, où il ne vit que quatre disques de sable qui devaient former autant de monticules et qu'il était facile d'éviter. La multitude se tenait en dehors de cette arène, sauf quelques gens qui couraient de tous côtés en gesticulant.

De plus près, le sol lui parut moins uni, formé d'une infinité de cailloux couleur de sable qui, par place, s'entassaient jusqu'à une certaine hauteur. Il s'appliqua donc, de toute son attention, à ne pas heurter ces obstacles et réussit à rouler sans le moindre choc et à s'arrêter tout tranquillement.

Des groupes couraient autour de l'appareil. Simon pensa qu'on voulait l'aider à descendre. Son illusion fut de courte durée. Quelques secondes plus tard, l'aéroplane était pris d'assaut par une vingtaine d'hommes, et Simon, tenu en respect par le canon de deux revolvers appuyés sur son visage, était proprement ficelé, bâillonné, immobilisé, enveloppé des pieds à la tête dans une couverture, avant même de pouvoir esquisser la moindre tentative de résistance.

« A fond de cale avec les autres ! commanda une voix éraillée. Et, s'il rouspète, le browning ! »

Le browning était inutile. La façon dont on avait enveloppé Simon le réduisait à l'impuissance absolue. Résigné, il constata que les hommes qui le portaient firent cent trente pas, et que le trajet le rapprochait de la foule hurlante.

« Avez-vous fini de gueuler ? ricana l'un des hommes. Et puis, qu'on s'éloigne un peu, hein ! La mitrailleuse fonctionne. »

On grimpa un escalier. Simon fut traîné par ses cordes. Une main brutale fouilla ses poches et le débarrassa de ses armes et de ses papiers. Il sentit qu'on le soulevait de nouveau, et il tomba dans le vide.

Chute insignifiante, amortie par la couche épaisse de captifs qui grouillaient déjà au fond de la cale et qui se mirent à jurer sous leurs bâillons.

Tant bien que mal, en jouant des coudes et des genoux, Simon se fit une place sur le plancher. Il devait être environ neuf heures du matin. A partir de ce moment, le temps ne compta plus pour lui, car il n'avait d'autre idée que de défendre la place conquise contre ceux qui voulaient la lui prendre, anciens occupants ou nouveaux venus. Les voix assourdies par les bâillons articulaient des grognements furieux, ou gémissaient, haletantes, épuisées. C'était vraiment l'enfer. Il y avait des agonisants et des cadavres, des râles de Français et des râles d'Anglais, du sang, des loques gluantes, et une abominable odeur de charnier.

Dans le courant de l'après-midi, ou le soir peut-être, un bruit formidable jaillit, pareil au bruit que fait le bouquet d'un feu d'artifice, et aussitôt l'innombrable multitude vociféra à plein gosier, avec la rage et l'emportement d'une foule en insurrection. Puis, par là-dessus, tout à coup, des ordres hurlés par une voix stridente, plus forte que le tumulte. Un grand silence. Et puis un crépitement de détonations brèves, précipitées, que suivit le tic-tac effrayant d'une mitrailleuse.

Cela dura au moins deux ou trois minutes. Le tumulte avait repris, et il continua au-delà du moment où Simon ne perçut plus le pétillement du feu d'artifice et le fracas des détonations. On devait se battre encore. On achevait des blessés, au milieu d'imprécations et de cris de douleur, et un lot de moribonds fut jeté dans la fosse. La soirée et la nuit s'écoulèrent. Simon, qui n'avait pas mangé depuis son repas avec Dolorès au bord du lac, souffrait en outre cruellement du manque d'air, du poids des morts et des vivants sur sa poitrine, du bâillon qui lui meurtrissait la mâchoire, de la couverture qui lui enveloppait la tête comme une cagoule hermétiquement close. Allait-on le laisser mourir là, de faim et d'asphyxie, dans ce chaos de chairs gluantes et décomposées, au-dessus duquel flottait la plainte indéfinie de la mort ?

Ses yeux bandés eurent la sensation du jour qui se levait. Ses voisins endormis grouillèrent comme des bêtes visqueuses au fond d'une cuve. Puis, d'en haut, une voix tomba qui grognait :

« Pas commode à trouver !... Le chef en a de bonnes ! Autant cueillir un ver dans la vase...

— Prends cette gaffe, fit une autre voix. Avec le crochet, tu retourneras les macchabées comme un chiffonnier qui remue un tas d'ordures... Plus bas, donc, mon vieux !... Depuis hier matin, le type doit être dans le dessous... »

Et la première voix s'écria :

« Ça y est ! Tiens ! guigne-le, là, à gauche... c'est lui... Je reconnais ma corde autour de sa taille... Patiente un peu que je l'accroche... »

Simon se sentit tâté par un objet qui devait être le harpon de la gaffe et qui agrippa ses cordes. Il fut happé, attiré, puis hissé de cadavre en cadavre jusqu'au-dessus de la fosse. Les hommes délièrent ses jambes, et lui dirent :

« Allons, ouste, debout, l'artiste ! »

Les yeux toujours bandés, il fut saisi par les bras et conduit en dehors de l'épave. On traversa l'arène, dont il sentit les cailloux sous ses pieds, et on remonta un autre escalier qui mena sur le pont d'une autre épave où les hommes s'arrêtèrent.

Là, tandis qu'on lui enlevait sa cagoule et son bâillon, Simon put voir que l'arène, où il avait atterri, était entourée d'une enceinte faite de barricades ajoutées les unes aux autres, selon les moyens dont on avait disposé : chaloupes, caisses et colis, roches, levées de sable. Une carcasse de torpilleur se soudait à des tubes de fonte. Des tranchées succédaient à un sous-marin.

Tout du long de cette enceinte, des sentinelles armées de fusils montaient la garde. Au-delà, tenue à plus de cent mètres de distance par la menace des fusils et d'une mitrailleuse braquée un peu en arrière, la foule des rôdeurs tourbillonnait et vociférait. A l'intérieur s'étendait un champ de cailloux jaunes, couleur de soufre, semblables à ceux que la folle portait dans son cabas. Des pièces d'or étaient-elles mêlées à ces cailloux, et un certain nombre de bandits résolus et bien armés s'étaient-ils associés pour l'exploitation de ce champ précieux ? De place en place des monticules se dressaient comme les cônes tronqués de petits volcans éteints.

Cependant, les gardiens de Simon lui firent faire volte-face pour l'attacher au pied d'un mât brisé, près d'un groupe de captifs que d'autres gardiens tenaient comme des bêtes, à l'aide de licols et de chaînes.

De ce côté c'était l'état-major de la bande, érigé, pour le moment, en tribunal.

Au centre d'un cercle, il y avait une estrade assez haute, bordée par une dizaine de cadavres et de moribonds, dont quelques-uns se débattaient dans des convulsions affreuses. Sur l'estrade, un homme qui buvait était assis, ou plutôt vautré au fond d'un siège grossier en forme de trône. Près de lui, un tabouret, avec des bouteilles de champagne et un couteau dont la lame dégouttait de sang. A ses côtés, un groupe d'individus, le revolver au poing. Il portait un uniforme noir orné de décorations et piqué de diamants et de pierres précieuses. Des colliers d'émeraudes étaient suspendus à son cou. Un diadème d'or et de pierreries ceignait son front.

Quand il eut cessé de boire, sa figure apparut. Simon tressaillit. D'après certains détails qui lui rappelaient la physionomie de son ami Edwards, il comprenait que cet homme n'était autre que Wilfred Rolleston. D'ailleurs parmi les bijoux et les colliers, se trouvait une miniature entourée de perles — la miniature et les perles de Miss Bakefield.

VI

L'ENFER

FIGURE de coquin que celle de Wilfred Rolleston, mais surtout figure d'ivrogne où les traits si nobles de son cousin Edwards se retrouvaient, avilis par l'habitude de la débauche. Les yeux, petits, enfoncés dans les orbites, brillaient extraordinairement. Un rictus continuel donnait à sa mâchoire l'aspect d'une mâchoire de gorille.

Il se mit à rire.

« Monsieur Simon Dubosc ? Monsieur Simon Dubosc m'excusera. Avant lui, j'ai quelques misérables à expédier dans un monde meilleur. Trois minutes, et ce sera votre tour, monsieur Simon Dubosc. »

Et, s'adressant à ses acolytes :

« Le premier de ces messieurs... »

On poussa en avant un pauvre diable qui tremblait de peur.

« Combien d'or a-t-il volé, celui-là ? » demanda-t-il.

Un des gardiens répondit :

« Deux souverains, Milord, tombés au-delà des barricades.

— Tue-le. »

Un coup de revolver. Le pauvre diable fut abattu.

Trois autres exécutions suivirent, aussi sommaires, et, à chacune, c'était chez les bourreaux et les assistants un accès de rire qui se traduisait par des « hip ! hip ! hurrah ! » et par des pirouettes et des entrechats.

Mais à la quatrième victime — qui n'avait rien volé, celle-là, mais que l'on soupçonnait d'avoir volé — le revolver du bourreau ne fonctionna pas. Alors, Rolleston bondit de son trône, déploya sa grande taille en face du patient, le dépassa de la tête, et lui enfonça un couteau entre les deux épaules.

Ce fut du délire. La garde d'honneur aboyait et

rugissait, en dansant sur l'estrade une gigue éperdue. Rolleston regagna son trône.

Sur quoi, à deux reprises, une hache fendit l'espace et deux têtes sautèrent.

Tous ces monstres donnaient l'impression d'une cour de roi nègre dans le centre de l'Afrique. Délivrée de tout ce qui règle ses mouvements et contrôle ses actes, abandonnée à elle-même, sans peur des gendarmes, l'humanité que représentait ce ramassis de brigands retournait à son animalité première. L'instinct régnait, féroce et saugrenu. Rolleston, chef alcoolique d'une peuplade de sauvages, tuait pour tuer, parce que c'est une volupté qu'on ne peut s'offrir dans la vie quotidienne, et la vue du sang le grisait plus encore que le champagne.

« Au tour du Français ! s'écria le despote en éclatant de rire. Au tour de M. Dubosc ! Et c'est moi qui m'en charge ! »

Il redescendit de son trône et vint se planter devant Simon, un couteau rouge à la main.

« Ah! Monsieur Dubosc, lui dit-il d'une voix sourde, vous m'avez échappé une première fois, à l'hôtel de Hastings ! Oui, il paraît que c'est un autre que j'ai frappé. Tant mieux pour vous ! Mais alors, cher monsieur, pourquoi diable, au lieu de vous faire oublier, courez-vous après moi, et après Miss Bakefield ? »

Au nom de la jeune fille, il s'enflamma d'une fureur soudaine :

« Miss Bakefield ! Ma fiancée ! vous ne savez donc pas que je l'aime ? Miss Bakefield ! Mais j'ai juré sur l'enfer que j'enfoncerais mon couteau dans le dos de mon rival, s'il osait s'en présenter un. Et c'est vous, monsieur Dubosc ? Mais, mon pauvre garçon, il ne fallait pas être assez bête pour vous faire pincer ! »

Une joie cruelle illuminait son regard. Il leva lentement le bras tout en épiant dans les yeux de Simon l'angoisse de la mort. Mais le moment n'était pas encore venu, car il arrêta net le geste commencé, et il bredouilla :

« Une idée !... une idée qui n'est pas mauvaise du tout... oui, pas mauvaise du tout. Voilà... Il faut que Monsieur Dubosc assiste à la petite cérémonie. Ça lui fera plaisir de savoir que le sort de sa chère Isabel est assuré. Patience, monsieur Dubosc ! »

Il s'entretint avec ses gardes, lesquels manifestèrent une vive approbation, aussitôt récompensée par quelques verres de champagne. Puis, les préparatifs commencèrent. Trois gardes s'éloignèrent du côté de l'avant, tandis que les autres acolytes asseyaient les cadavres en rond, de manière à former une galerie de spectateurs autour d'une petite table qui fut placée sur l'estrade.

Simon fit partie de la galerie. On lui avait remis son bâillon.

Tous ces incidents se déroulaient comme les scènes d'un spectacle incohérent, réglé et joué par des fous. Cela n'avait pas plus de sens que les visions baroques d'un cauchemar, et Simon n'éprouvait guère plus d'effroi à se sentir menacé qu'il n'eût éprouvé de joie à se voir délivré. Il vivait dans l'irréel et dans la fantasmagorie.

La garde d'honneur s'aligna et porta les armes. Rolleston retira son diadème comme on retire un chapeau pour honorer quelqu'un, et il jeta sur le pont son uniforme constellé de diamants, comme on jette des fleurs sous le pas d'une reine qui s'avance. Les trois acolytes, envoyés en mission, revinrent.

Ils précédaient une femme que deux grosses créatures à trogne rouge escortaient.

Simon frissonna de désespoir; il avait reconnu Isabel, mais si changée, si pâle ! Elle marchait en vacillant, comme si ses jambes eussent refusé de la porter, et que ses pauvres yeux pleins de détresse n'eussent point vu clair. Cependant, elle refusait l'aide de ses compagnes. Un captif la suivait, tenu à la laisse comme les autres. C'était un vieux clergyman à cheveux blancs.

Rolleston se précipita au-devant de celle qu'il appelait sa fiancée, lui offrit la main et la conduisit vers une chaise. Il prit place auprès d'elle. Le clergyman resta debout derrière la table, sous la menace d'un revolver.

La cérémonie, dont les détails avaient dû être réglés d'avance, fut brève. Le clergyman balbutia les paroles d'usage. Rolleston déclara qu'il choisissait comme femme Isabel Bakefield. Interrogée, Isabel baissa la tête affirmativement. Rolleston lui passa au doigt une alliance puis il décrocha de son uniforme la miniature entourée de perles et l'épingla au corsage de la jeune fille.

« Mon cadeau de noces, ma chérie », dit-il cyniquement.

Et il lui baisa la main. Elle parut avoir un vertige et s'affaissa sur elle-même un instant, mais pour se redresser aussitôt.

« A ce soir, ma chérie, dit Rolleston. Votre amoureux époux vous rendra visite et réclamera ses droits. A ce soir, ma chérie. »

Il fit signe aux deux grosses créatures d'emmener leur prisonnière.

On déboucha quelques bouteilles de champagne, le clergyman reçut en récompense un coup de poignard, et Rolleston s'écria en brandissant son verre et en titubant :

« A la santé de ma femme ! Qu'en dites-vous, monsieur Dubosc ? Elle sera heureuse, la petite, hein ? Ce soir, l'épouse du roi Rolleston ! Vous pouvez mourir tranquille, monsieur Dubosc. »

Il approchait, le couteau à la main, lorsqu'il se produisit, du côté de l'arène, une série de crépitements accompagnés d'un grand vacarme. Le feu d'artifice reprenait comme la veille au soir. Aussitôt, ce fut un changement de spectacle. Du coup, Rolleston parut dégrisé, et, se penchant au bord de l'épave, il lança des commandements d'une voix tonnante :

« Aux barricades ! Tout le monde à son poste !... Feu à volonté ! Pas de pitié ! »

Sur le pont, retentirent les pas des acolytes qui se ruaient vers les escaliers. Quelques-uns, les favoris de la garde d'honneur, demeurèrent auprès de Rolleston. Les derniers captifs furent attachés les uns aux autres, et de nouvelles cordes doublèrent les liens qui retenaient Simon au pied du mât.

Cependant il put tourner la tête, et il aperçut l'arène dans toute son étendue. Elle était vide. Mais de l'un des quatre cratères qui pointaient à son centre fusait une immense gerbe d'eau, de vapeur, de sable, de cailloux, qui s'éparpillaient sur le sol. Parmi ces cailloux roulaient des pièces de même couleur — des pièces d'or.

Spectacle inconcevable et qui rappelait à Simon les geysers de l'Islande. Le phénomène devait évidemment s'expliquer par des causes toutes naturelles, mais il fallait qu'à l'endroit même où se formait cette éruption d'origine volcanique, un prodigieux hasard eût accumulé les trésors de quelques galions coulés autrefois. Il fallait que ces trésors, recueillis comme de l'eau de pluie à la surface de la terre, eussent glissé peu à peu au fond du vaste entonnoir où bouillonnaient, maintenant, les forces nouvelles concentrées et mises en action par le grand cataclysme.

Simon eut l'impression que l'air s'échauffait et que la température de cette colonne d'eau devait être assez élevée, ce qui, plus encore que la crainte des cailloux, expliquait que personne n'osât se risquer dans la zone centrale.

D'ailleurs, les troupes de Rolleston avaient pris position sur la ligne des barricades où le tir faisait rage depuis le début. La multitude des rôdeurs, en effet, massée à cent mètres de là, s'était aussitôt ébranlée, et il s'en détachait des troupes de forcenés qui se ruaient à travers le glacis. Impitoyablement frappés, ils culbutaient, mais d'autres surgissaient en hurlant, affolés par ces pièces d'or qui tombaient comme une pluie miraculeuse, et dont quelques-unes roulaient jusqu'à eux.

Ceux-là pirouettaient à leur tour. C'était un jeu de massacre. Les plus favorisés, qui échappaient aux balles, étaient faits prisonniers le long même de l'enceinte, et mis de côté pour l'exécution.

Et soudain tout s'apaisa. Comme un jet d'eau que l'on interrompt, la gerbe précieuse fléchit, se rapetissa et disparut. Les troupes restées aux barricades activèrent la déroute des assaillants, tandis que les acolytes qui composaient la garde d'honneur ramassaient l'or dans des paniers de jonc, réunis au pied de l'épave, où se démenait Rolleston. La récolte ne traîna pas. Les paniers furent vivement apportés, et le partage commença, répugnant et grotesque. Les yeux luisaient de convoitise. Les mains tremblaient. La vue, le contact, le bruit de l'or rendaient fous tous ces hommes. Des bêtes affamées qui se disputent une proie saignante n'y mettent pas plus d'acharnement et plus de haine. Chacun enfouissait son butin dans ses poches ou dans des mouchoirs noués aux quatre bouts. Rolleston cachait le sien dans un sac de toile, qu'il entourait de ses deux bras.

« Qu'on tue les captifs, les nouveaux comme les autres ! hurla-t-il, repris d'ivresse. Qu'on les exécute ! Après, on les pendra tous pour qu'on les voie de partout, et que personne n'ose nous attaquer. Tuez-les, camarades ! Et M. Dubosc le premier ! Qui est-ce qui se charge de M. Dubosc ? Moi, je n'ai plus la force. »

Les camarades s'élancèrent. Un d'eux, plus agile, empoigna Simon à la gorge, lui colla la tête contre le mât brisé, et, cherchant la tempe du canon de son revolver, tira quatre fois.

« Bravo ! Bravo ! cria Rolleston.

— Bravo ! » criaient les autres en trépignant de rage auprès du bourreau.

Celui-ci avait recouvert la tête de Simon d'un lambeau d'étoffe déjà tacheté de sang, qu'il noua autour du mât, et dont les extrémités, ramenées à la hauteur du front et dressées, firent comme des oreilles d'âne, ce qui provoqua une explosion d'hilarité.

Simon n'éprouva pas la moindre surprise à se sentir vivant et à se rendre compte qu'il n'avait même pas été atteint par ces quatre coups tirés à bout portant. Ainsi se continuait l'incroyable cauchemar, succession d'actes illogiques et d'événements désordonnés que rien ne permettait ni de prévoir ni de comprendre. Au moment de mourir, il était sauvé par des circonstances aussi absurdes que celles qui l'avaient conduit au seuil de la mort. Arme non chargée, accès de pitié chez les bourreaux, aucune explication ne donnait une réponse satisfaisante.

En tout état de cause, il ne fit pas un mouvement qui pût attirer l'attention, et il demeura comme un cadavre sous les liens qui le figeaient dans une attitude verticale et derrière le voile qui dissimulait son visage d'homme vivant.

L'affreux tribunal reprit ses fonctions et précipita ses jugements tout en les arrosant par des libations abondantes. A chaque victime, un verre d'alcool, dont l'absorption devait coïncider avec une agonie. Plaisanteries ignobles, blasphèmes, rires, chansons, tout s'entrechoquait dans un vacarme abominable,

« Qu'on les pende, maintenant ! qu'on pende les cadavres ! Allez-y, camarades. Je veux les voir danser au bout de leurs cordes quand je reviendrai de chez ma femme. La reine m'attend. A sa santé, camarades ! »

Ils trinquèrent bruyamment en chantant jusqu'au haut de l'escalier, puis ils revinrent et se mirent aussitôt à la besogne immonde que Rolleston avait jugée nécessaire pour terroriser la foule lointaine des rôdeurs. Leurs ricanements et leurs exclamations permettaient à Simon d'en suivre les péripéties écœurantes. Alternativement, les morts étaient pendus, par les pieds ou par la tête, à tout ce qui formait saillie autour et au-dessus de l'épave, et on leur plantait entre les bras des hampes de drapeaux auxquelles flottait une loque trempée dans du sang.

Le tour de Simon approchait. Quelques morts tout au plus le séparaient des bourreaux, dont il percevait le souffle rauque. Cette fois, rien ne pouvait le sauver. Qu'il fût pendu, ou plutôt qu'il fût poignardé dès que l'on s'apercevrait qu'il vivait encore, le dénouement était inévitable.

Il n'eût rien tenté pour y échapper, si le souvenir d'Isabel et les menaces de Rolleston ne l'avaient exaspéré. Il pensait qu'en ce moment Rolleston, l'ivrogne et le détraqué, se trouvait près de la jeune fille que son désir convoitait depuis des années. Que pouvait-elle contre lui ? Captive, attachée, c'était une proie vaincue d'avance.

Simon gronda de colère. Il se raidit, dans l'espoir impossible de faire éclater ses liens. L'attente lui devenait brusquement intolérable, et il préférait attirer sur lui la colère de toutes ces brutes, et risquer un combat, où, tout au moins, pouvait survenir une chance de salut. Or le salut pour lui, ne serait-ce point la délivrance d'Isabel ?

Quelque chose d'imprévu, la sensation d'un contact qui n'était point brutal, mais au contraire furtif et discret, le réduisit peu à peu au silence. Une main, derrière son dos, déliait ses mains, et faisait tomber les cordes qui le retenaient contre le mât, tandis qu'une voix presque imperceptible lui soufflait :

« Pas un geste... pas un mot... »

L'étoffe dont sa tête était enveloppée fut tirée lentement. La voix reprit : « Agissez comme si vous étiez un des hommes de la bande... Personne ne s'occupe de vous... Faites ce qu'ils font... Et, surtout, pas d'hésitation. »

Simon obéit sans se détourner. Deux bourreaux, non loin de lui, ramassaient un cadavre. Soutenu par l'idée que rien ne devait le rebuter, s'il voulait secourir Isabel, il se joignit à eux et les aida à transporter leur fardeau et à le suspendre à l'une de ces potences de fer où s'accrochent les canots de sauvetage.

Mais l'effort qu'il fit l'épuisa. La faim et la soif le tourmentaient. Il eut un vertige, et il cherchait à s'appuyer, lorsque quelqu'un lui saisit le bras doucement et l'entraîna vers l'estrade de Rolleston.

C'était un matelot qui avait les pieds nus, un pantalon et une vareuse de molleton bleu, une carabine sur le dos et un bandage qui lui cachait une partie de la figure.

Simon murmura :

« Antonio !

— Buvez, dit l'Indien, en prenant une des bouteilles de champagne, et puis, tenez..., voici une boîte de biscuits... Il faut que vous ayez toutes vos forces... »

Après les soubresauts du cauchemar effroyable qu'il vivait depuis un jour et demi, Simon ne pouvait plus guère s'étonner. Qu'Antonio eût réussi à se glisser parmi les complices, cela demeurait, somme toute, dans la logique des événements, puisque le but de l'Indien consistait précisément à se venger de Rolleston.

« C'est vous qui avez tiré à blanc sur moi, dit-il, et qui m'avez sauvé ?

— Oui, répondit l'Indien. Je suis arrivé hier, alors

que Rolleston commençait déjà à refouler la cohue des trois ou quatre mille gaillards pressés autour des sources. Comme il enrôlait tous ceux qui étaient munis d'armes à feu et que j'avais une carabine, j'ai été embauché. Depuis, je rôde à droite et à gauche, aux tranchées que l'on a construites dans les épaves, un peu partout. C'est ainsi que j'étais près de son estrade quand on lui a apporté les papiers saisis sur l'aviateur, et que j'ai appris, comme lui, que l'aviateur n'était autre que vous. Alors, j'ai veillé, et je me suis offert comme bourreau quand il s'est agi de vous tuer. Seulement, je n'ai pas osé vous avertir en sa présence.

— Il est auprès de Miss Bakefield, n'est-ce pas ? demanda Simon anxieusement.

— Oui.

— Vous avez pu communiquer avec elle ?

— Non, mais je sais où elle se trouve.

— Hâtons-nous », dit Simon.

Antonio le retint.

« Un mot seulement. Qu'est devenue Dolorès ? »

Il observait Simon droit dans les yeux. Le jeune homme répondit :

« Dolorès m'a quitté.

— Pourquoi ? fit Antonio, d'une voix âpre, oui, pourquoi ? Une femme seule, dans ce pays, c'est la mort certaine... Et vous l'avez laissée ?... »

Simon ne baissa pas les yeux. Il répliqua :

« J'ai été jusqu'au bout de mon devoir avec Dolorès... au-delà de mon devoir. C'est elle qui est partie. »

Antonio réfléchit, puis articula :

« Bien, je comprends. »

Ils s'éloignèrent, sans que la tourbe des acolytes et des bourreaux les eût remarqués. Le bateau —

c'était un paquebot dont Simon vit le nom sur une banderole déteinte, la *Ville-de-Dunkerque,* et il se rappela que la *Ville-de-Dunkerque* avait coulé au début du cataclysme, — le bateau n'avait pas trop souffert, et l'épave penchait à peine vers tribord. Entre les cheminées et la dunette, le pont était vide. Ils passèrent devant la cage d'un escalier qui s'enfonçait, et Antonio prononça :

« C'est là le repaire de Rolleston.

— En ce cas, descendons, dit Simon qui frémissait d'impatience.

— Pas encore; il y a cinq ou six complices dans le couloir et les deux femmes qui gardent Lord Bakefield et sa fille. Continuons. »

Un peu plus loin, il s'arrêta devant une grande bâche, encore imbibée d'eau, qui recouvrait un de ces châssis où l'on accumule les sacs et les valises des voyageurs. Il souleva cette bâche, se glissa dessous, et fit signe à Simon de s'étendre également.

« Regardez », dit-il.

Le cadre du châssis était formé d'un vitrage que protégeaient des barreaux épais, et par lequel on avait vue sur un large couloir qui longeait les cabines de l'étage situé immédiatement au-dessous du pont. Dans ce couloir, il y avait un homme assis et deux femmes près de lui. Lorsque les yeux de Simon se furent accoutumés à la demi-obscurité qui rendait les choses assez confuses, il distingua les traits de l'homme et reconnut Lord Bakefield. Le vieux gentleman était attaché sur une chaise, et gardé par les deux grosses créatures auxquelles Rolleston avait confié Isabel. L'une de ces femmes tenait dans sa lourde main, appuyée à la gorge même de Lord Bakefield, les deux extrémités d'une cordelette qui était passée autour du cou. On se rendait compte qu'il suffisait d'une brusque torsion de cette main pour que Lord Bakefield fût étranglé en l'espace de quelques secondes.

VII

LA LUTTE POUR L'OR

« SILENCE, chuchota Antonio, qui devinait la révolte de Simon.

— Pourquoi ? fit celui-ci. Elles ne peuvent pas entendre.

— Elles le peuvent. La plupart des vitres manquent. »

Simon reprit, sur le même ton très bas :

« Mais, Miss Bakefield ?...

— Ce matin, je l'ai vue, d'ici, sur cette autre chaise, attachée comme son père.

— Et maintenant ?

— Je l'ignore. Mais je suppose que Rolleston l'a amenée dans sa cabine.

— Où est cette cabine ?

— Il en occupe trois ou quatre, celles qui sont là.

— Ah ! balbutia Simon, c'est horrible ! Et il n'y a pas d'autre issue ?

— Aucune.

— Nous ne pouvons cependant pas...

— Le moindre bruit perdrait Miss Bakefield, affirma Antonio.

— Mais pourquoi ?

— J'en suis sûr... tout cela est combiné... Cette

menace de mort contre le père, c'est du chantage. D'ailleurs... »

Une des femmes s'approcha d'une cabine, écouta, et revint en ricanant :

« La petite se défend. Faudra que le chef emploie les grands moyens. Tu es décidée, toi ?

— Parbleu, dit l'autre en montrant sa main d'un signe de la tête, vingt pièces de supplément à chacune de nous, ça vaut le coup ! Sur un ordre, crac, ça y sera. »

La figure du vieux Bakefield demeurait impassible. Les yeux fermés, il semblait dormir. Simon était bouleversé.

« Vous avez entendu ? Entre Isabel et Rolleston, c'est la lutte...

— Miss Bakefield résistera. L'ordre de mort n'est pas donné », fit Antonio.

A son tour, un des hommes qui veillaient à l'entrée du couloir survint en flânant et prêta l'oreille. Antonio le reconnut.

« C'est un complice de la première heure. Rolleston avait auprès de lui tous ses fidèles de Hastings. »

L'homme hocha la tête.

« Rolleston a tort. Un chef ne s'occupe pas comme ça de bagatelles.

— Il aime la petite.

— Drôle de façon de l'aimer... Depuis quatre jours, il la persécute.

— Pourquoi qu'elle se refuse ? D'abord, c'est sa femme. Elle a dit oui tantôt.

— Elle a dit oui, parce que, depuis ce matin, on serre la gorge du papa.

— Eh bien, elle dira oui, tout à l'heure, pour qu'on ne serre pas davantage. »

L'homme se pencha.
« Comment va-t-il, le vieux ?
— Peut-on savoir ! grogna celle qui tenait la corde. Il a dit à sa fille de ne pas céder, qu'il aimait mieux mourir. Depuis, on croirait qu'il dort. Voilà deux jours qu'il n'a pas mangé.
— Tout ça, reprit le garde en s'en allant, c'est pas sérieux, Rolleston devrait être sur le pont. Voyez-vous qu'il arrive quelque chose ?... que nous soyons attaqués, envahis...
— En ce cas, j'ai l'ordre d'en finir avec le vieux.
— C'est pas ça qui nous ferait gagner la partie. »
Un peu de temps s'écoula. Les deux femmes parlaient très bas. Par instants, il semblait à Simon percevoir des éclats de voix du côté de la cabine.
« Ecoutez, dit-il... C'est Rolleston, n'est-ce pas ? »
L'Indien déclara :
« Oui.
— Il faut agir... il faut agir... », dit Simon.
Brutalement, la porte de la cabine s'ouvrit. Rolleston apparut. Furieux, il cria aux femmes :
« Vous êtes prêtes ? Comptez trois minutes. Dans trois minutes, étranglez-le. »
Et, se retournant :
« Tu as compris, Isabel ? Trois minutes. Décide-toi, ma petite. »
Il claqua la porte sur lui.
Aussi rapidement que possible, Simon avait saisi la carabine d'Antonio. Mais, gêné par les barreaux, il ne réussit pas à la braquer avant que le bandit eût refermé.
« Vous allez tout perdre ! » fit Antonio, en reculant hors de la bâche et en lui arrachant son arme.
Simon se dressa à son tour, le visage convulsé.

« Trois minutes ! Ah ! la malheureuse... »

Antonio essayait de le retenir.

« Cherchons un moyen. La cabine doit avoir quelque hublot.

— Trop tard. D'ici là, elle sera tuée. C'est tout de suite qu'il faut agir. »

Il réfléchit un instant, puis soudain, il se mit à courir sur le pont, et, gagnant la cage de l'escalier, sauta jusqu'en bas. Le couloir commençait par un palier plus large, où les gardes jouaient aux cartes et buvaient.

Ils se levèrent. L'un d'eux commanda :

« Halte ! On ne passe pas.

— Tout le monde sur le pont ! tout le monde à son poste ! proféra Simon, répétant les paroles de Rolleston. Au galop ! et pas de pitié ! Voilà l'or ! la pluie d'or qui recommence ! »

Les hommes bondirent et filèrent par l'escalier. Simon s'élança dans le couloir, croisa l'une des deux femmes, que ses clameurs attiraient, et lui jeta la même phrase :

« L'or ! la pluie d'or ! Où est le chef ?

— Dans sa cabine, répondit-elle. Avertissez-le. »

Et à son tour, elle fila.

L'autre femme qui tenait la cordelette hésitait. Simon, d'un coup de poing décoché sous le menton, l'abattit. Puis, sans s'occuper de Lord Bakefield, il se précipita vers la cabine. A ce moment même, Rolleston ouvrait la porte, en criant :

« Qu'est-ce qu'il y a ? L'or ? »

Simon empoigna la porte pour qu'il ne pût la refermer et aperçut au fond de la cabine Isabel, vivante :

« Qui êtes-vous ? fit le bandit avec inquiétude.

— Simon Dubosc. »

Il y eut un silence, un répit avant la lutte que Simon croyait inévitable. Mais Rolleston reculait, les yeux hagards.

« M. Dubosc... M. Dubosc... celui qu'on a tué, tout à l'heure ?

— Celui-là même, fit une voix dans le couloir. Et c'est moi qui l'ai tué, moi Antonio... l'ami de Badiarinos que tu as assassiné.

— Ah ! gémit Rolleston en s'affaissant. Je suis perdu. »

L'ivresse, la stupeur, et plus encore évidemment sa lâcheté naturelle le paralysaient. Sans opposer la moindre résistance, il se laissa renverser et désarmer par Antonio, tandis que Simon et Isabel se jetaient dans les bras l'un de l'autre.

« Mon père ?... murmura la jeune fille.

— Il est vivant. Ne craignez rien. »

Ensemble, ils allèrent le délivrer. Le vieux gentleman était à bout de forces. C'est à peine s'il put serrer la main de Simon et embrasser sa fille. Toute défaillante, elle aussi, secouée d'un tremblement nerveux, elle tomba dans les bras de Simon en balbutiant :

« Ah ! Simon, il était temps !... Je me serais tuée... Ah ! quelle ignominie ! Comment oublier jamais ?... »

Quelle que fût sa détresse cependant, elle eut l'énergie de retenir la main d'Antonio alors qu'il était sur le point de frapper Rolleston.

« Non, je vous en prie... Simon, vous pensez comme moi, n'est-ce pas ? Nous n'avons pas le droit... »

Antonio protesta :

« Vous avez tort, mademoiselle. Un monstre comme celui-là, il faut s'en débarrasser.

— Je vous en prie...

— Soit. Mais je le retrouverai. Nous avons un compte, lui et moi. Monsieur Dubosc, un coup de main pour le ficeler. »

L'Indien se hâtait. Sachant la ruse qu'avait employée Simon pour éloigner les gardes, il supposait que ceux-ci reviendraient aussitôt, sans doute escortés de camarades. Il poussa donc Rolleston jusqu'à l'extrémité du couloir et le jeta dans un réduit obscur.

« Comme cela, dit-il, les complices, ne retrouvant pas leur chef, le chercheront dehors. »

Il ligota également et enferma la grosse femme qui commençait à se réveiller de sa torpeur. Puis, malgré l'épuisement de Lord Bakefield et d'Isabel, il les ramena vers l'escalier.

Simon dut porter Isabel. Quand il déboucha sur le pont de la *Ville-de-Dunkerque,* il fut stupéfait d'entendre des crépitements et de voir la grande gerbe de cailloux et d'eau qui montait vers le ciel. Par une coïncidence heureuse, le phénomène se produisait comme il l'avait annoncé, et créait une agitation dont ils avaient le temps de profiter. Isabel et Lord Bakefield furent étendus sous la bâche, cette partie de l'épave demeurant déserte. Puis, en quête de nouvelles, Antonio et Simon vinrent du côté de l'escalier. Un groupe de bandits s'y engouffrait en vociférant :

« Le chef ! Rolleston ! »

Plusieurs d'entre eux interrogèrent Antonio qui affecta le même désarroi :

« Rolleston ? Je le cherche partout. Il doit être aux barricades. »

Les bandits refluèrent et galopèrent sur le pont. Au pied de l'estrade, il y eut un conciliabule, après lequel les uns coururent vers l'enceinte tandis que les autres, suivant l'exemple de Rolleston, hurlaient :

« Tout le monde à son poste ! Pas de pitié ! Mais tirez donc là-bas ! »

Simon murmura :

« Qu'y a-t-il ?

— Du flottement, répondit Antonio... de l'hésitation. Regardez au-delà de l'enceinte. La foule attaque à plusieurs endroits.

— Mais on tire dessus.

— Oui, mais en désordre, au hasard. L'absence de Rolleston se fait déjà sentir. C'était un chef, lui. Si vous l'aviez vu organiser, en quelques heures, ses deux ou trois cents recrues et répartir chacun selon ses aptitudes ! Il ne régnait pas seulement par la terreur. »

L'éruption dura peu et Simon eut l'impression que la pluie d'or était moins abondante. Elle n'en attira pas moins ceux qui étaient chargés de la recueillir et d'autres que la voix du chef ne stimulait plus et qui abandonnèrent la barricade.

« Tenez, dit Antonio, les attaques redoublent de fureur. L'ennemi sent bien qu'il y a relâchement chez les assiégés. »

De toutes parts le glacis était envahi et de petites troupes s'avançaient, d'autant plus nombreuses et plus hardies que la fusillade devenait moins intense. La mitrailleuse ne fonctionnait plus, abandonnée ou démolie. Les complices, restés devant l'estrade, incapables d'imposer leur autorité et de rétablir la discipline, sautèrent dans l'arène et coururent aux tranchées. C'étaient les plus résolus. Les assaillants hésitèrent.

Ainsi, durant deux heures, il y eut des alternatives de fortune. Lorsque la nuit vint, la bataille était indécise.

Simon et Antonio, voyant l'épave délaissée, rassemblèrent les armes et les provisions nécessaires. Ils avaient l'intention de préparer la fuite pour le milieu de la nuit si les circonstances le permettaient, et Antonio partit en reconnaissance tandis que Simon veillait au repos des deux malades.

Lord Bakefield, bien qu'en état de partir, restait fort abattu et dormait d'un sommeil agité de cauchemars. Mais la présence de Simon rendait à Isabel toute son énergie et toute sa force de vivre. Assis l'un près de l'autre, les mains jointes, ils se racontaient l'histoire de ces journées tragiques, et la jeune fille dit tout ce qu'elle avait souffert, la cruauté de Rolleston, son assiduité grossière auprès d'elle, la menace de mort incessante qu'il répétait contre Lord Bakefield si elle ne fléchissait pas, les orgies de chaque soir au campement, le sang qui coulait, les supplices, les plaintes des mourants, le rire des acolytes...

Elle frissonnait à certains souvenirs et se serrait contre Simon, comme si elle avait peur de se retrouver seule. Tout autour d'eux luisaient des éclairs et claquaient des détonations qui leur semblaient plus proches. Une clameur formidable et confuse à la fois, faite de cent combats isolés, d'agonies et de triomphes, flottait sur la plaine obscure où l'on eût dit cependant que se répandait une pâle clarté.

Au bout d'une heure, Antonio revint et déclara que la fuite était impossible.

« La moitié des tranchées, dit-il, appartient aux assaillants, qui sc sont même infiltrés jusqu'à l'intérieur de l'enceinte. Et ceux-là, pas plus que les assiégés, ne laissent passer personne.

— Pourquoi ?

— Ils ont peur qu'on emporte de l'or. Il semble qu'il y ait chez eux une sorte de discipline, et qu'ils obéissent à des chefs dont le but serait de reprendre aux assiégés l'immense butin accumulé par ceux-ci. Et comme les assaillants sont dans la proportion de dix et de vingt contre un, il faut s'attendre à un véritable massacre. »

La nuit fut tumultueuse. Simon remarqua que la couche épaisse des nuages se disloquait par endroits et que des lueurs tombaient du ciel étoilé. On voyait des silhouettes galoper à travers l'arène. Deux hommes d'abord, puis beaucoup d'autres, montèrent sur la *Ville-de-Dunkerque* et descendirent par l'escalier voisin.

« Les complices de Rolleston qui reviennent, murmura Antonio.

— Dans quel but ? Ils cherchent Rolleston ?

— Non, on le considère comme mort. Mais il y a les sacs, les sacs remplis de pièces, et chacun va remplir ses poches.

— L'or est donc là ?

— Dans les cabines. La part des complices d'un côté, la part de Rolleston de l'autre. Ecoutez. »

Au-dessous du pont, les querelles commençaient, suivies presque aussitôt d'une mêlée générale que scandaient des cris et des plaintes. Un à un les vainqueurs débouchèrent de l'escalier. Mais, toute la nuit, des ombres se glissèrent par là et on entendait les nouveaux venus qui fouillaient et démolissaient.

« Ils vont finir par trouver Rolleston, observa Simon.

— Cela m'est égal », dit Antonio, avec un petit ricanement que Simon devait se rappeler.

L'Indien préparait les fusils et les munitions. Un peu avant l'aube, il réveilla Lord Bakefield et sa fille et leur donna des carabines et des revolvers. L'assaut suprême ne pouvait tarder, et il estimait que la *Ville-de-Dunkerque* serait l'objectif immédiat des assaillants et qu'il était préférable de ne point s'y attarder.

La petite troupe s'en alla donc aux premières blancheurs du matin. Elle n'avait pas mis le pied sur le sable de l'arène que le signal de l'attaque fut donné par une voix puissante qui partait de la carcasse du sous-marin, et il advint qu'au moment même où se déclenchait l'offensive suprême, alors que les assiégés, mieux armés, se disposaient à une résistance mieux organisée, il advint que le fracas de l'éruption déchira l'air de ses mille explosions.

Du coup l'élan de l'ennemi s'exaspéra et les assiégés faiblirent, ainsi que Simon et Antonio purent s'en rendre compte à la débandade des hommes qui se repliaient comme des bêtes traquées, en cherchant des abris pour se défendre ou pour s'y cacher.

Au milieu, la pluie brûlante et la retombée des cailloux réservaient un vide circulaire où, néanmoins, quelques forcenés parmi les assaillants avaient l'audace de s'aventurer, et Simon, dans une vision brève, crut apercevoir — mais était-ce possible ? — le père Calcaire qui courait de droite et de gauche sous un étrange parapluie fait d'un disque de métal aux bords rabattus.

La cohue des vainqueurs devenait plus dense. On se heurtait à des groupes d'hommes et de femmes qui brandissaient des bâtons, de vieux sabres, des faux, des serpettes, des haches, et qui s'emparaient des fuyards. Deux fois, Simon et Antonio durent entamer la lutte.

« La situation est grave, dit Simon en prenant Isabel à part. Nous allons risquer le tout pour le tout, et tâcher de nous ouvrir une trouée. Embrassez-moi, Isabel, comme le jour du naufrage. »

Elle lui offrit ses lèvres, en disant :

« J'ai foi en vous, Simon. »

Après beaucoup d'efforts, et deux engagements avec des brutes qui voulaient les arrêter, ils gagnèrent la ligne des barricades et la franchirent sans encombre. Mais, dans l'espace libre qui s'étendait en dehors, ils rencontrèrent de nouvelles vagues de rôdeurs qui déferlaient furieusement, et parmi lesquels il y avait des bandes d'individus qui paraissaient plutôt fuir que d'aller à la curée. On eût dit qu'un grand danger, venu de l'arrière, les menaçait eux-mêmes. Tous farouches d'ailleurs, prêts au massacre, retournant les cadavres et acharnés contre les vivants.

« Attention ! » cria Simon.

C'était une horde de trente ou quarante voyous et gamins au milieu desquels Simon reconnut deux des chemineaux qui l'avaient poursuivi. Apercevant Simon, ils entraînaient la horde qu'ils commandaient. Un mauvais hasard fit qu'Antonio glissa et tomba. Lord Bakefield fut renversé. Simon et Isabel, pris dans un remous, se sentirent étouffés par une masse de corps qui tourbillonnaient autour d'eux. Simon réussit cependant à saisir la jeune fille et à braquer son revolver. Il tira trois fois de suite. Isabel également. Deux corps s'écroulèrent. Il y eut une seconde d'hésitation, puis un nouveau choc les sépara l'un de l'autre.

« Simon, Simon », implora la jeune fille avec effroi.

Un des chemineaux rugissait : « La jeune fille ! emportons-la. On la vendra son pesant d'or. »

Simon voulut la rejoindre. Vingt mains s'opposèrent à son effort désespéré, et, tout en se défendant, il vit Isabel que les deux grands diables poussaient devant eux, du côté des barricades. Elle trébucha. Ils cherchaient à la soulever, lorsque soudain ils culbutèrent l'un et l'autre. Deux détonations avaient retenti.

« Simon ! Antonio ! » cria une voix.

A travers la mêlée, Simon avisa, toute droite sur un cheval couvert d'écume, Dolorès, un fusil à l'épaule et qui tirait. Trois des agresseurs les plus proches furent frappés. Il put se dégager, courir vers Isabel, et rejoindre Dolorès, auprès de laquelle, en même temps, Antonio ramenait Lord Bakefield.

Ils se retrouvaient donc ensemble tous les quatre, mais chacun des quatre suivi par la meute des rôdeurs qui s'acharnait après lui, et, à ceux-là, il s'en ajoutait d'autres par douzaines qui surgissaient du brouillard, et qui supposaient, sans doute, que l'enjeu d'une telle bataille, engagée contre un si petit nombre d'adversaires, ne pouvait être que la capture de quelque trésor.

« Ils sont plus de cent, dit Antonio, nous sommes perdus.

— Sauvés ! s'exclama Dolorès qui ne cessait de tirer.

— Pourquoi ?

— Oui, il faut tenir... une minute... »

La réponse de Dolorès s'acheva dans le vacarme. Les assaillants se précipitèrent. Adossée au cheval, la petite troupe faisait face de tous côtés, tirant, blessant, tuant. De la main gauche Simon déchargeait son revolver, tandis que, de la main droite agrippée au canon de son fusil, il écartait l'ennemi par un moulinet terrible.

Mais comment résister au flot continuellement renouvelé qui se ruait contre eux ? Ils étaient submergés. Le vieux Bakefield reçut un coup de bâton qui l'assomma. Antonio eut le bras engourdi par le choc d'une pierre. Toute résistance était impossible. C'était l'instant affreux où l'on s'écroule, et où la chair est piétinée sous les bottes, déchirée par les griffes.

« Isabel », murmura Simon en la serrant passionnément contre lui.

Ils tombèrent à genoux ensemble. Les bêtes de proie s'abattirent sur eux, les recouvrant de ténèbres.

Un clairon retentit à quelque distance, égrenant dans l'espace les notes allègres d'une sonnerie militaire. Un autre clairon répondit. C'était la sonnerie française de la charge.

Un grand silence, lourd de peur, immobilisa les hordes de pillards. Simon, qui succombait, sentit le fardeau moins pesant au-dessus de lui. Des bêtes de proie se sauvaient.

Il se souleva à moitié, tout en soutenant Isabel, et la première chose qui le frappa, ce fut l'attitude d'Antonio. L'Indien observait Dolorès avec un visage contracté. Lentement, sournoisement, il fit quelques pas vers elle, à la façon d'un félin qui rampe vers sa proie, et tout à coup, avant que Simon fût intervenu, il sauta en croupe derrière elle, passa ses bras par-dessous les bras de la jeune femme, et brutalement talonna le cheval qui prit le galop le long des barricades, vers le Nord.

Du côté opposé, à travers la brume, apparaissaient des uniformes bleu horizon.

VIII

LE HAUT COMMISSAIRE DES TERRITOIRES NOUVEAUX

« Ma faille !... N'est-ce pas que tu en es persuadé comme moi, c'est une ramification de ma faille, finissant en cul-de-sac ? de sorte que toutes les forces éruptives immobilisées vers cette impasse ont rencontré un terrain propice !... de sorte que toutes ces forces... Tu saisis, n'est-ce pas ?

Simon saisissait d'autant moins que le père Calcaire s'embrouillait dans son hypothèse et que lui, Simon, ne s'occupait que d'Isabel et n'écoutait guère que ce que lui disait la jeune fille.

Ils se trouvaient tous les trois un peu en dehors des barricades, parmi des groupes de tentes autour desquelles des soldats, vêtus de bourgerons et coiffés de leurs calots bleus, allaient, venaient et préparaient le repas. Isabel avait déjà une figure plus apaisée et des yeux moins inquiets. Simon la contemplait avec une tendresse infinie. Au cours de la matinée, le brouillard enfin s'était dissipé. Pour la première fois, depuis le jour où ils avaient voyagé ensemble sur le pont de la *Reine-Mary*, le soleil étincelait dans un ciel pur de tout nuage, et l'on eût dit que rien, entre ce jour-là et le jour actuel, ne les avait séparés. Tous les mauvais souvenirs s'effaçaient. La robe déchirée d'Isabel, sa pâleur, ses poignets meurtris n'évoquaient plus qu'une aventure déjà lointaine, puisque s'ouvrait devant eux l'avenir resplendissant.

A l'intérieur des barricades, quelques soldats parcouraient l'arène et rangeaient les cadavres, tandis que d'autres plus loin, installés sur l'épave de la *Ville-de-Dunkerque*, détachaient les silhouettes lugubres suspendues aux gibets. Près du sous-marin, dans un espace clos et que de nombreuses sentinelles surveillaient, étaient parquées plusieurs douzaines de prisonniers auxquels venaient s'adjoindre à tout instant d'autres lots de captifs.

« Evidemment, reprenait le père Calcaire, il reste beaucoup de points obscurs, mais je ne m'en irai pas avant d'avoir étudié toutes les causes du phénomène.

— Et moi, lui dit Simon en riant, je voudrais bien savoir, mon maître, comment vous avez pu venir jusqu'ici. »

C'était là une question peu intéressante pour le père Calcaire, et à laquelle il répondit vaguement :

« Est-ce que je sais ! J'ai suivi un tas de braves gens...

— De braves pillards et de braves assassins.

— Ah ! tu crois ? Oui, peut-être... il m'a semblé quelquefois... Mais j'étais si absorbé ! Tant d'observations à faire ! D'ailleurs, je n'étais pas seul... du moins le dernier jour.

— Ah ! et avec qui ?

— Avec Dolorès. Nous avons fait toute la dernière étape ensemble, et c'est elle qui m'a conduit ici. En vue des barricades elle m'a quitté. Et puis, impossible d'entrer dans cette enceinte et d'examiner le phénomène de près. Aussitôt que j'avançais, pan, la mitrailleuse ! Enfin tout à coup, la foule a crevé la digue. Mais ce qui me tracasse maintenant, c'est que ces éruptions paraissent déjà diminuer d'intensité et qu'il faut qu'on en prévoie le terme dans un délai très proche. Il est vrai, d'autre part... »

Mais Simon ne l'écoutait plus. Il apercevait dans l'arène le capitaine commandant le détachement, avec lequel il n'avait pu, le matin, échanger que quelques mots, cet officier s'étant mis aussitôt à la poursuite des fuyards. Simon conduisit Isabel vers la tente qui lui était réservée, et où Lord Bakefield se reposait, et il rejoignit le capitaine qui s'écria :

« Cela se déblaie, monsieur Dubosc. J'ai envoyé des escouades vers le Nord, et toutes les bandes de brigands tomberont entre mes mains ou entre les mains des troupes anglaises dont on me signale l'arrivée. Mais quels sauvages ! Et combien je suis heureux d'être arrivé à temps ! »

Simon le remercia en son nom et au nom de Bakefield et de sa fille.

« Ce n'est pas moi qu'il faut remercier, répondit-il, mais l'étrange femme que je ne connais que sous le nom de Dolorès, et qui m'a amené ici. »

Le capitaine raconta qu'il opérait depuis trois heures aux avancées de Boulogne où il tenait garnison, quand il avait reçu du gouverneur militaire, récemment promu, un message lui enjoignant de s'enfoncer dans la direction de Hastings, de prendre possession du pays jusqu'à mi-route entre les anciennes côtes, et de réprimer impitoyablement tous les excès.

« Or, ce matin, dit-il, alors que nous patrouillions à trois ou quatre kilomètres de là, poussant devant nous un troupeau de maraudeurs, j'ai vu arriver cette femme au galop de son cheval. Rapidement elle m'a mis au courant de ce qui se passait à l'intérieur de ces barricades qu'elle n'avait pu franchir, mais derrière lesquelles Simon Dubosc se trouvait en péril. Ayant réussi à capturer un cheval, elle était venue et me suppliait d'aller à votre secours. Vous comprenez avec quelle hâte, au nom de Simon Dubosc, j'ai marché dans le sens qu'elle m'indiquait. Et vous comprenez aussi pourquoi, la voyant à son tour en danger, je me suis jeté à la poursuite de l'homme qui l'emportait.

— Eh bien, mon capitaine ?

— Eh bien, elle est revenue, fort tranquillement, toute seule sur son cheval. Elle s'était débarrassée de l'Indien que mes hommes ont cueilli aux environs, assez endommagé par sa chute. Il se réclame de vous. »

Simon raconta brièvement le rôle qu'Antonio avait joué dans le drame.

« Parfait ! s'écria l'officier, le mystère s'éclaircit.

— Quel mystère ?

— Oh ! quelque chose qui est bien dans la note de toutes les horreurs commises. »

Il entraîna Simon vers l'épave et lui fit descendre l'escalier du pont.

Le large couloir était encombré de sacs et de paniers vides. Tout l'or avait disparu. Les portes des cabines occupées par Rolleston avaient été démolies.

Mais, devant la dernière de ces cabines, et un peu avant le réduit où Antonio avait enfermé Rolleston la veille au soir, Simon, à la lueur d'une lampe électrique allumée par l'officier, avisa le cadavre d'un homme pendu au plafond. Les genoux avaient été repliés et attachés pour que les pieds ne pussent toucher à terre.

« Voilà ce misérable Rolleston, dit le capitaine. Il n'a évidemment que ce qu'il mérite. Mais, tout de même... Regardez bien... »

Il envoya les rayons de la lampe sur le buste du supplicié. Le sang couvrait la figure méconnaissable, du sang figé, presque noir. La tête, penchée, offrait la plus hideuse des plaies, un crâne à vif, dont toute la peau, cuir et cheveux, avait été arrachée.

« C'est Antonio qui a fait le coup, prononça Simon, se souvenant du rire de l'Indien, lorsque, lui, Simon, avait exprimé la crainte que les bandits ne finissent par retrouver et délivrer leur chef. Selon la mode de ses aïeux, il a scalpé l'homme qu'il voulait châtier. Ne sommes-nous pas en pleine barbarie ? »

Quelques minutes plus tard, en sortant de l'épave, ils aperçurent Antonio qui causait avec Dolorès, près de l'endroit où le sous-marin renforçait l'ancienne ligne de défense. Dolorès tenait son cheval par la bride. L'Indien gesticulait et semblait fort agité.

« Elle s'en va, dit l'officier. Je lui ai signé un sauf-conduit. »

Simon traversa l'arène et s'approcha de la jeune femme.

« Vous partez, Dolorès ?

— Oui.

— Vers quel but ?

— Où mon cheval voudra... et jusqu'où il pourra.

— Vous ne voulez pas attendre quelques minutes ?

— Non.

— J'aurais désiré vous remercier... Miss Bakefield aussi...

— Que Miss Bakefield soit heureuse ! »

Elle se mit en selle.

Vivement Antonio saisit la bride, comme s'il était résolu à retenir Dolorès, et se mit à parler d'une voix altérée, en une langue que Simon ne comprenait pas.

Elle ne fit pas un geste. Rien n'altérait son beau visage austère. Elle attendait, les yeux vers l'horizon, jusqu'à ce que l'Indien lassé abandonnât la bride. Alors elle s'éloigna. Pas une fois, son regard n'avait rencontré le regard de Simon.

Elle s'en allait, mystérieuse et secrète jusqu'au bout. Certes, le refus de Simon, la conduite du jeune homme, au cours de la nuit passée dans la grotte, avaient dû l'humilier profondément, et la meilleure preuve en était ce départ sans adieu. Mais d'un autre côté, quels prodiges d'héroïsme tenace il lui avait fallu pour traverser seule la région sinistre, et pour sauver, en même temps que l'homme qui l'avait dédaignée, la femme que cet homme aimait par-dessus tout !

Une main se posa sur l'épaule de Simon.

« Vous, Isabel ! dit-il.

— Oui... j'étais là un peu plus loin... J'ai assisté au départ de Dolorès. »

La jeune fille semblait hésiter. A la fin, elle murmura en l'observant avec attention :

« Vous ne m'aviez pas dit qu'elle était belle à ce point, Simon ? »

Il était un peu gêné. Il répliqua, ses yeux dans les yeux de la jeune fille :

« C'est que je n'ai pas eu l'occasion de vous le dire, Isabel. »

Vers cinq heures du soir, la liaison étant établie entre les troupes anglaises et françaises, il fut décidé que Lord Bakefield et sa fille feraient partie d'un convoi anglais qui regagnait Hastings, et qui disposait d'une automobile d'ambulance. Simon prit congé d'eux, après avoir demandé au vieux gentilhomme la permission de lui rendre une prochaine visite.

Simon estimait que sa mission n'était pas terminée en ces jours de bouleversement. Et, de fait, avant même la fin de l'après-midi, un aéroplane atterrissait en vue du campement, et l'on demandait au capitaine d'envoyer des renforts immédiats, un conflit semblant inévitable entre un détachement français et un détachement anglais qui, tous deux, avaient planté leurs drapeaux sur une crête d'où l'on découvrait tout le pays. Simon n'hésita pas un instant. Il prit place auprès des deux aviateurs.

Il est inutile, n'est-ce pas, de retracer, en ses détails, le rôle qu'il joua dans cet incident qui eût pu avoir des suites déplorables, la façon dont il se jeta entre les adversaires, ses supplications et ses menaces, et enfin l'ordre de recul qu'il donna aux Français avec tant d'autorité et de force persuasive ! Tout cela est de l'histoire et il suffira de rappeler ces mots prononcés le surlendemain par le premier ministre anglais à une séance des Communes :

« Je tiens à remercier l'admirable Simon Dubosc. Sans lui, l'honneur de la Grande-Bretagne eût été souillé, du sang français eût été versé par des mains anglaises. Simon Dubosc, l'homme merveilleux qui a franchi d'un bond l'ancienne Manche, a compris qu'il fallait user, au moins pendant quelques heures, d'un peu de patience envers une grande nation, habituée depuis tant de siècles à se sentir sous la protection de l'Océan, et qui, tout à coup, se voit désarmée, sans défense et sans remparts. N'oublions pas que, le matin même, l'Allemagne, avec son impudeur habituelle, offrait son alliance à la France et lui proposait l'invasion immédiate de la Grande-Bretagne avec toutes les forces combinées des deux pays. « *Delenda Britania !* » La réponse, Simon Dubosc l'a donnée, en accomplissant ce miracle : des Français qui reculent ! Honorons Simon Dubosc ! »

Le geste de Simon, la France le reconnaissait aussitôt en nommant le jeune homme Haut Commissaire des nouveaux territoires français. Durant quatre jours encore il se multiplia, partout présent, survolant le domaine conquis par lui, rétablissant l'ordre, imposant l'harmonie, la discipline et la sécurité. Pourchassées et traquées, toutes les bandes des ravageurs et des pillards furent réduites à merci. Des aéroplanes sillonnaient le ciel. Des camions d'approvisionnement circulaient, assurant le transport des voyageurs. Le chaos s'organisait.

Enfin, un jour, Simon sonnait à la porte du château de Battle, près de Hastings. Là, également, le calme était revenu. Les domestiques avaient repris leur service. A peine quelques lézardes aux murailles, quelques crevasses au milieu des pelouses rappelaient-elles les heures épouvantables.

Lord Bakefield, dont l'état de santé paraissait excellent, reçut Simon dans la bibliothèque et lui fit le même accueil cordial que sur les links de Brighton.

« Eh bien, jeune homme, où en sommes-nous ?

— Au vingtième jour après ma demande en mariage, dit Simon en riant, et comme vous m'avez donné vingt jours pour accomplir un certain nombre d'exploits, je viens vous demander, à la date fixée, si j'ai rempli, selon vous, les conditions arrêtées entre nous. »

Lord Bakefield lui offrit un cigare et lui tendit la flamme de son briquet.

Il n'y eut d'autre réponse. Les exploits de Simon, la délivrance de Lord Bakefield, au moment où la mort le guettait, c'étaient là, évidemment des choses intéressantes, qui méritaient la récompense d'un cigare et, par-dessus le marché, peut-être la main de Miss Bakefield. Mais il ne fallait pas exiger, en sus, des remerciements, des éloges et des effusions à n'en plus finir. Lord Bakefield restait Lord Bakefield, et Simon Dubosc un tout petit monsieur.

« Au revoir, jeune homme... Ah ! à propos, j'ai fait casser le mariage que cet immonde Rolleston avait imposé à Isabel... mariage non valable, certes, mais, tout de même, j'ai fait le nécessaire. Miss Bakefield vous racontera cela. Vous la trouverez dans le parc. »

Elle n'était pas dans le parc. Prévenue, elle attendait Simon sur la terrasse.

Il lui fit part de son entretien avec Lord Bakefield.

« Oui, dit-elle, mon père se résigne. Il juge l'épreuve suffisante.

— Et vous, Isabel ?

— Je n'ai pas le droit d'être plus difficile que mon père. Mais n'oublions pas que, aux conditions posées par lui, il y en avait une que j'avais ajoutée, moi.

— Quelle condition, Isabel ?

— Vous ne vous souvenez pas ?... sur le pont de la *Reine-Mary* ?

— Isabel, vous doutez donc de moi ? »

Elle lui saisit les deux mains et lui dit :

« Simon, je suis triste parfois en songeant que, dans cette grande aventure, c'est une autre que moi qui fut votre compagne de danger, celle que vous avez défendue et qui vous protégea. »

Il secoua la tête :

« Non, Isabel, je n'ai jamais eu qu'une compagne, vous, Isabel, vous seule. Vous avez été mon seul but et ma seule pensée, mon seul espoir et ma seule volonté. »

Elle dit, après un instant de réflexion :

« J'ai beaucoup parlé d'elle, en revenant de là-bas, avec Antonio. Savez-vous bien, Simon, que cette jeune femme n'est pas seulement très belle, mais qu'elle est capable de sentiments très nobles, très élevés. Son passé, je l'ignore. Il y a là, d'après Antonio, des heures assez troubles. Mais depuis... depuis... malgré le genre de vie qu'elle mène, malgré toutes les passions qu'elle inspire, elle demeure à l'écart. Vous seul l'avez émue vraiment, Simon. Pour vous, d'après ce que j'entrevois, d'après ce que m'a dit Antonio, lequel n'est, somme toute, qu'un amoureux éconduit et plein d'amertume, pour vous, Dolorès se serait sacrifiée jusqu'à la mort, et cela, dès le premier jour. Vous le saviez, Simon ? »

Il garda le silence.

« Vous avez raison, dit-elle. Vous ne pouvez pas répondre. Cependant il est un point, Simon, où je vous demande la vérité absolue. Je puis vous regarder bien en face, n'est-ce pas ? Il n'y a pas au fond de votre être un seul souvenir qui nous sépare ?...

pas une faiblesse ?... pas une défaillance de pensée ?... »

Il l'attira contre lui, et, lèvres contre lèvres, il lui dit :

« Il y a vous, Isabel, uniquement vous, vous dans le passé, et vous dans l'avenir.

— Je vous crois, Simon », prononça-t-elle.

Un mois après, le mariage avait lieu, et ils prenaient possession de l'épave de la *Ville-de-Dunkerque*, demeure officielle du Haut Commissaire français des nouveaux territoires.

C'est là que fut signé, sur la proposition et d'après les études préliminaires de Simon Dubosc, le projet du vaste canal qui devait couper l'isthme de Normandie en laissant, à droite et à gauche, aux deux pays, une portion de terrain à peu près égale. C'est là que fut signé l'acte solennel d'après lequel l'Angleterre et la France se déclaraient une éternelle amitié et fondaient les bases des Etats-Unis d'Europe.

Et c'est là que naquirent les quatre enfants de Simon et d'Isabel.

Bien souvent, par la suite, accompagné de sa femme, Simon, à cheval ou en aéroplane, alla rendre visite à son ami Edwards. Guéri de ses blessures, Edwards se mit au travail et dirigea, sur les nouveaux rivages anglais, une vaste entreprise de pêcheries à laquelle il avait attaché Antonio. Edwards se maria. L'Indien vécut longtemps seul, dans l'attente de celle qui ne venait pas et dont personne n'entendait parler.

Un jour il reçut une lettre et s'en alla. Quelques mois après, il écrivait du Mexique, et annonçait son mariage avec Dolorès.

Mais la promenade favorite d'Isabel et de Simon les conduisait surtout auprès du vieux père Calcaire. Il habitait, lui, contre la grotte de l'étang, une modeste villa en bois, où il poursuivait ses études sur la terre nouvelle. Les cascades d'or, épuisées, ne l'intéressaient plus, et c'était du reste un problème élucidé. Mais quelle énigme indéchiffrable que cette construction attachée à un terrain de l'époque éocène !

« Il y avait à cette époque des singes, affirmait le père Calcaire, cela est hors de doute. Mais des hommes ! et des hommes capables de construire, d'orner leurs demeures, de sculpter la pierre ! Non, je l'avoue, c'est là un phénomène qui déroute toutes les idées. Qu'en dis-tu, Simon ? »

Simon ne disait rien. Une barque se balançait sur l'étang. Il y prenait place avec Isabel et ramait nonchalamment, sans que jamais, de cette eau pure où elle s'était baignée par un soir voluptueux, surgît l'image de Dolorès. Simon était l'homme d'une seule femme, et cette femme était celle qu'il avait conquise.

TABLE

PREMIÈRE PARTIE

GUILLAUME LE CONQUÉRANT

SECONDE PARTIE

NO MAN'S LAND

IMPRIMÉ EN FRANCE PAR BRODARD ET TAUPIN
Usine de La Flèche (Sarthe).
LIBRAIRIE GÉNÉRALE FRANÇAISE - 6, rue Pierre-Sarrazin - 75006 Paris.
ISBN : 2 - 253 - 01755 - 8

30/4995/4